往后余生

目光所至　都是你

FOR THE REST OF
HIS LIFE ALL EYES
ARE ON YOU

程一　作品

北京联合出版公司
Beijing United Publishing Co.,Ltd

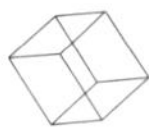

万事开头难，所以在爱你这件事上，

开始了以后，我就没想过要结束。

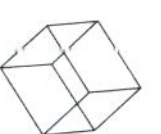

喜欢是会心动，但爱是会主动，

不主动的人不是不喜欢你，只是不够爱你罢了。

人一旦有了舍不得的情绪，

那就是爱了，只有爱才会舍不得。

疏远一个人其实要比亲近一个人，
更需要勇气。

一个人一旦喜欢另一个人，

看他的眼神会自带十八层滤镜。

等人总是很辛苦，可是等你，

我总觉得很快乐。

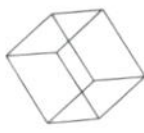

一旦匆忙，我们就很容易做很多让自己后悔的事，
比如匆匆相爱，比如匆匆告别。

Contents /目　录/

///

每一段关系其实都需要将就，

只是有些人不愿意从一开始就将就罢了。

推荐序

孤独的人就应该相互拥抱

没见到程一之前，我以为他是一个话不多的人。

都是靠说话为生，我知道有很多主持人有时候在节目里话说得多了，下了节目以后，反而不太想说话。

但是程一不一样，他不管多晚下节目，依旧可以保持着充沛的精力，侃侃而谈。

我第一次见程一的时候，我就跟他说了：“你跟我想象中有点不一样。”

节目中的程一深情、细腻、温柔；生活中的程一兼具这些特点，在大多数的时候，他还很幽默健谈。

也是因为如此，我们第一次见面时，聊得很开心。

我们两个人有很多相似的经历，都出身普通的工人家庭，都曾在家乡的电视台工作，都做情感节目，都是一名创业者，所以我经常在他的身上看到自己的影子，也正是因为如此，我觉得程一定可以获得自己想要的未来。

这并不是什么心灵鸡汤，而是我对自己的自信，以及对他的相信。

其实程一真正让我觉得感动或者说让我相信他的地方，并不是“程一电台”做得有多好，而是他的时间管理。

一个忙着创业，忙着录节目，忙着去参加各种活动的人，还能坚持写作，坚持记录，这是一件值得很多人学习的事。

他之前的两本书我没看过，不予评价，但是这本书，我的确从头到尾看了一遍，感受了一次他故事里每个朋友或畅快，或难过，或幸福，或痛苦的时刻。

这些人我都不认识，但当程一把这些故事写下来的时候，我总觉得自己对他们很熟悉。

因为他们像极了我们身边的朋友，甚至有的时候还可以在他们的身上看到自己。

他们虽然平凡普通，但是因为有了喜欢的人、喜欢的事，所以身上无时无刻不在发光。

在这个时代，孤独的人实在是太多了，尤其是在北京，在这座大而拥挤的城市，稍不留神，就会走丢。我一直觉得，孤独的人就应该相互拥抱，当心靠得近了，再艰难的时刻，也能扛得过去。

有一个可以拥抱的人是一件幸福的事，但是找到一个可以拥抱的人，很难。

我欣赏每一个可以享受孤独的人，但我更喜欢在孤独的时刻懂得去倾诉的人。

做情感节目的这些年，我大多数的时候是作为一个倾听者，去听别人的故事，感受别人的人生。

我跟程一一样，分分合合的故事听多了，听到有圆满的结局，会觉得欣慰，这种感觉就像是陆游的“柳暗花明”，抑或是欧阳修的“峰回路转”。

不管是在爱情中、在友情中，还是在亲情中，懂得拥抱，都是一件很酷的事。只有在拥抱过后，我们才会明白，其实孤独也就那么回事。

年轻时吃的苦在年龄增长以后，就会慢慢被看开。

在感情里受到的伤害，等到有另一个人出现，就会慢慢被原谅。

没有什么坎是过不去的，没有什么问题是解决不了的。

只要你愿意找到一个同样愿意给你拥抱的人，那么再多的不美好，都可以在你们拥抱的时候被原谅。

愿每一个读完程一这本书的人都能够感受到拥抱的重要，懂得珍惜的美好，可以原谅过往所有的不快。

我始终相信，我们每一个人都可以迎来属于自己的伟大。

如果此刻你很孤独，记得去找一个可以拥抱的人，如果找不到，那就在程一的故事里、声音里，抱抱他吧。

我相信，他也很愿意与你们拥抱。

著名主持人，东方风行集团、星创投创始人 李静

自序

你好，三十岁

当我打下这个标题的时候，我想起的是我二十岁时的样子。

不瞒你们，二十岁时的我，明明什么都没有，可总是觉得自己很帅，也不知道是什么毛病。

我是一个不太过生日的人，但自从做了“程一电台”以后，每一年都有听众给我过生日，每一次都能把我这个将近三十岁的男人给感动哭。

我写上一本书的时候，是在两年前，新书上市时，我的公司也刚起步，我来到了北京，这座让我觉得既陌生又熟悉的城市。

我大学是在北京上的，大学刚毕业就离开了北京，兜兜转转几年，现在又回到了北京，一些老朋友还在，也认识了一些新朋友。

大家坐下来喝酒聊天，聊起往事，不无感慨。

突然有一天，我想要为身边的这帮朋友写点什么，于是就有了这本书。

这本书我写得不算快，因为在这两年时间里，打理公司占据了我的大部分精力，我平时没什么机会可以专心地坐在电脑前，去回忆，去记录。

不知道从什么时候开始，我的生活变得十分简单，公司、家、健身房，三点一线，日复一日，没有什么改变。

这两年，我从一个胖子变成了一个瘦子。

每次跟朋友聚会我都会成为被调侃的那个，他们总笑我明明不靠脸吃饭，干吗还要这么努力。

话虽这么说，我还是觉得瘦下来的我更帅了，比二十岁时还要帅。

与之前的两本书都不同，这本书基本上是我在出差的路上写完的。

这两年来，我经常出差，动不动就一个月都在外地，就连中介都说，房东遇到我这个房客，还真是省心。

每段在路上的时光，我都格外珍惜，因为如今我是有了牵绊的人，不能再像曾经那样想去哪里就去哪里，我的身后还有一个公司的人在等我回去。

所以每次出差，哪怕要五点起床就往机场赶，哪怕一天要去三个城市，我也会有一点自己的私心，想暂且有一点点属于自己的空间。

可是真正有了这样的时间，我又会觉得有什么事情没做。这大概就是危机感吧。

每一个不曾奔跑的日子，我都会觉得自己会被别人追上。

公司成立两年多，从最初的几个人，到现在的几十个人，我的心里也颇有些感慨。

刚回到北京的时候，我还不敢跟太多人说起我有什么样的计划。

我还记得我见第一个投资人时的场景，在那之前，我跟几个同事准备了很久。印象里，我已经很久没有像那天一样紧张过了。

跟投资人聊完，走出他的公司，我看了眼身后的写字楼，与我同去的同事说：“我们什么时候才能搬到这里来办公？”

看似一句无心的话，我一直记在心里。

我们天蝎座是从来不知道“输”字怎么写的，在我这里，只有如何赢和如何赢得更漂亮这两件事。

一年以后，我真的做到了。

新公司在大悦城附近的写字楼里，搬家的那天，大家都很开心，我心里也松了一口气，至少在这件事上我没有辜负他们的期望。

我是一个擅长给自己施压的人，工作如此，健身也是一样。

我坚信没有人多吃一口就会变成胖子，也没有人少吃一口就会变成瘦子。

一切都有一个过程。

这几年我录音、写字、开公司、唱歌，总有人对我说：“程一，我羡慕你拥有的一切。”

听到这样的话，我总是笑笑就过去了，因为只有我自己明白，我拥有的一切，都是源自我想拥有，并为之付出了努力。

按我们老家年龄的算法，我今年正好三十岁，男人三十而立，成家立业。

我事业搞得还算不错，但是成家还需要时间。

就最近两年的事，身边的朋友好像说好了似的，都开始陆续有了家庭，隔一段时间就能收到一封“红色炸弹”，份子钱出去那么多，不知道何时才能收回来。

他们有些人被我写进了这本书里，还有一些人，如果有机会的话，我希望我们下本书再见。

三十岁以后的人生说不上特别顺畅，也会有不知道要怎么做才能更好的时候，但一想到我的身后还有一群人在看着我、陪着我，我又觉得全身充满干劲。

我不知道别人的三十岁是什么样，但我的三十岁，我势必要做到不能让自己觉得白活。

过去的两年里，我去了很多地方，见了很多人。

在这本书里，我希望我们依旧以熟悉的方式见面，聊一聊这两年的变化，但愿当我说起“你好，我是程一，‘程’是路程的‘程’，‘一’是一二三四的‘一’”的时候，你们一如当年还会觉得温暖。

如果有人已经离开了也没有关系，人生就是如此，我们都是陪伴彼此的人，先到目的地的人先下车，而我的终点，是没有终点。

感谢三十岁赋予我的一切，你好，三十岁，我是程一，接下来的日子，万事拜托，请多多指教。

错过的爱情
也是爱情

有些爱情，就是用来错过的。
有些人，就是用来经过的。

明明是我在北方认识的南方姑娘。出生在苏州的明明，除了皮肤好点，怎么都看不出她来自南方。

都说苏州姑娘小巧可爱，说话时都带着吴侬软语的腔调，格外温柔动听，但是明明一米七三的身高站在一溜北方女生中也显得极为突出；喝起酒来就更别说了，能用碗就坚决不用杯子。

忘了是谁，我们一次聚会的时候因为开车喝不了酒，找服务员要了一瓶北冰洋，顺便问了一句有没有吸管。当时正在喝水的明明一口喷了出来，冲着哥们说："你丫喝饮料还用吸管？你是不是爷们啊？"

那嗓门、那音量、那语气，我至今难忘。

每次喝酒喝到最后，总有人要大着舌头说话。说来奇怪，我就从来没见过明明大舌头，甚至她还能清醒着把每个人都送上出租车。

只有那么一次，明明一来就开始喝酒，什么话都不说只是喝酒，最后我实在看不过去了，问她是不是有啥心事。

谁知道她扭扭捏捏半天，才出声说："我告诉你，你别告诉别人，成吗？"

"成啊，你说。"

“姐们我今天失恋了。”

明明的话太过劲爆，我没忍住大声喊了出来：“啥？你失恋了？！你啥时候恋的！”

我一说完就意识到不对，明明差点把眼珠子瞪出来，这下刚喝得醉醺醺的朋友都瞬间清醒了，开始追着明明八卦起来，问她啥时候背着大伙谈的恋爱。

明明也是被问得没辙了，才丢给我一个“我跟你没完”的眼神让我自己体会，吓得我动都不敢动。

不过明明的嘴是真紧，那天晚上我们一行八个人，追着她问了两个小时，她愣是一点都没透出来。最后到点了大家各回各家，明明才一把拉住我说：“程一，你这个孙子！”

这是我第一次被骂孙子还不敢还嘴，你们感受一下明明的威力。

那天晚上等其他人都走完了，明明拉着我又往另一个夜宵摊走去，到了以后二话没说，先给我倒了一碗啤酒，让我喝完。

我不敢不从，在她恶狠狠的注视下，终于把一碗啤酒喝完。这会儿明明才点了一根烟，吸了一口对我说：“我也没想到他竟然有老婆。”

啥情况，这是爱上有妇之夫了？没想到明明要么什么都不说，要么就来得这么厉害！

“做小三可是会被世人唾弃的哦！”我善意地提醒。

“我呸，你丫能不能想着我点好啊，没听我说我失恋了啊！失恋的意思就是我们俩没搞成！”

这个“搞”字用得很好……一度让我浮想联翩。

明明告诉我，她差点就搞上的人是她的客户，也就是她的甲方。

明明在一家新媒体公司做商务，她的甲方是广告公司，负责帮客户往各新媒体上投递广告，明明公司便是这一次他想要投递广告的对象之一，于是两个人便约在三里屯见面。

一顿晚餐的时间，两个人就敲定了合作，明明喜欢爽快人，两个人吃完饭后又多聊了一会儿。到了晚上十点，我们一帮朋友打电话喊明明去喝酒，明明碍于他在场就拒绝了我们。

没想到明明手机声音太大，在一旁的他听得清清楚楚，待明明挂掉电话，他主动跟明明说："要不咱俩去喝两杯？"

第一次跟他喝酒，明明没有展现出她真正的实力，才喝了两杯伏特加就开始装醉，说话开始摇头晃脑，眼神更是各种暗送秋波。

这谁忍得住啊！

他当场就放下了酒杯开始靠近明明，待他的脸在明明面前逐渐变大，明明由于太过紧张突然睁大双眼，把他吓了一跳，也让两个人之间暧昧的气氛瞬间消失。

为了缓解尴尬，他特地轻咳了两声，然后问明明："你住哪儿？我送你回去吧。"

明明在心里暗自惋惜，把她住的小区的名字告诉了他，他便开始叫车，准备送她回去。

北京晚上的车比白天难叫，尤其是在这种热闹的地方，他们两个人愣是等了半个小时才排上队，叫到一辆车。

当两个人坐到一个狭小的空间里，暧昧再次升级。明明的手心里都是汗，想着只要他开口，那么今天晚上就把他留下。不过直到下车，两个人都没有再说什么话。

明明本以为他会叫住自己，谁知道他只是说了一句“晚安”便让司机把车开走了，留下明明站在原地咬牙跺脚。

车刚开走，明明就开始向别人打听他的消息，新媒体圈里都是一拨人，很快明明就收到了消息：已婚，有孩子，老婆是一十八线网红，别碰。

明明回想了一晚上发生的事情以后，在心里连骂了三句脏话才重新叫车来到我们的场子继续跟我们喝酒，然后告诉我她失恋了。

在我看来，她与他的这段经历连露水情缘都不算，明明却说自己失恋了，这也太夸张了吧。

“你不懂，我今天真的爱上他了。”明明又吸了一口烟，然后缓慢地说。

“我不懂你干吗要拉我过来喝酒，我晚上还要上节目呢！”我愤愤不平。

“这不是给你攒一点节目素材吗？不要拉倒！”明明只有在翻脸的时候才有那么一点像女生。

“行！要！你继续说！”

“我说完了啊。”

“……”

那天过后明明与他就没有再联系，直到一个月后，他再一次找到明明投递广告，问明明有没有时间聊一聊。

明明这次硬气了不少，回他说："报价跟上次一样，没有任何折扣，所以也没啥可聊的。"

"你怎么了？是不是对我有什么误会？那天喝酒不是还好好的吗？"

妈的，这孙子还敢说自己误会他，一想到这儿明明就更来气了，差点就要把他的微信送进黑名单。然而工作更重要，这点明明还是分得十分清楚的。

"我们见一面吧，你在公司吗？我去接你。"

一句话就把明明安排得明明白白，让她没有办法拒绝。不出半个小时，他果真出现在了明明的公司楼下，明明只能跟他再一次坐在同一张桌子上吃饭。

为了显得不那么尴尬，在他点菜的间隙，明明去了一趟洗手间稳定了一下自己的情绪。等她回来，他正在给她倒水。明明刚入座，就听他说："记得你说过你喜欢吃土豆泥，这家的土豆泥沙拉很不错，我给你点了一份。"

你看看，多么可恶的男人，明明自己有老婆，还非要出来撩别的女生，还一撩一个准，也真够气人的。

想到这儿，明明气得拌土豆泥沙拉的叉子都差点拿不稳。

"你今天怎么了？怎么都不说话？是不是不舒服？"渣男对明明的关心有增无减，简直要命。

"没有。"明明简单粗暴的回复也泄露了她不开心的情绪。

"那是怎么了？是不是我有做得不对的地方惹到你了？如果是的

话，我向你道歉。”

这话虽说得很诚恳，但是明明可不吃这套。道歉可不能解决他向自己隐瞒他结婚的事情。

“不需要道歉，你没做错什么。”明明依旧死鸭子嘴硬。

“那你是怎么了？跟我说说。”渣男依旧穷追不舍。

明明这回是真的忍不了了，放下了手里的餐具，又擦了擦嘴巴，冲渣男露出一个端庄又妩媚的笑容，然后说：“你是不是想泡我？”

渣男也没想到明明会问得这么直接,愣了半天才想到要害羞一下，回复明明说：“早知道你这么直接，我也就不含蓄了。”

直接你个头！明明端起桌上的杯子就把水往渣男的脸上泼，然后拎起包头都不回地就离开了餐厅，留渣男一个人在原地怎么也想不通明明是什么意思。

“程一，你说怎么会有这么不要脸的男人，你们能不能出期关于渣男的节目啊，我真怀疑这孙子在外面骗了不少人！”

明明骂着渣男还为我的听众朋友们着想，让我十分感动。

然而不过隔天的时候，明明就又给我打电话来说：“程一，那节目你别发，他不是渣男！他是有苦衷的啊！”

一夜之间剧情反转得这么快，让我有些不知所措，但既然明明说他不是渣男，那么他就不是渣男，不过“他是有苦衷的”这句话怎么听起来那么言情？让我不禁产生了一丝丝的怀疑。

“那你说说，他有啥苦衷？”

“那什么，他老婆，呸，是那个十八线小网红，竟然是他的初恋，两个人大学时谈的恋爱，毕业时分的手，当时也差点就结了婚，没想到那娘们后来劈腿了。小网红的妈妈很喜欢他，两个人分手后也一直骂她女儿。没想到没过多久，小网红就怀孕了，她那男朋友非说这孩子跟他没关系，小网红的肚子一天天地大了起来，如果再这样下去，她妈那边肯定要瞒不住了，没办法，只能哭着回来求他，让他原谅自己，让他跟自己结婚，说等到她妈那关过完，孩子生下来就离婚……”

这个“有苦衷的”真是一言难尽，这剧情，怕是编剧也不敢这么写。

“那现在孩子也生了，为什么他们还没离婚？”

“还不是那娘们变卦不想离了，他也没办法，只能分居，等拖到两年后再说。”

“那你不会要等他两年吧？”

“程一，你真是越来越懂我了！”

我懂你个屁，这个陷入爱情的智障女人，竟然说出这么智障的话，简直就是要气死我。

“人家只要一天没离婚，就是有妇之夫，跟有妇之夫搞在一起，那你就是小三！”

我再一次向明明提出善意的提醒，然而她并不领情，回我说：“呸呸呸，你才小三呢！我不是！我说等他，又没说边搞边等他。”

听明明这话说的，难不成她要以所谓的朋友身份等他离婚了以后再跟他谈情说爱？这的确不是小三，这是“备胎”！

明明也太不争气了！一个要能力有能力，要长相有长相，要酒量有酒量的女生，做什么不好，非要做人家“备胎”，我忍不了。

“程一，你看开点，我跟他就现在这样挺好的，不然万一两年内我喜欢上别人了，我还得出轨！”

瞧瞧这逻辑，我压根儿没法回，作为朋友，我只能祝明明好运。

明明与渣男，哦不，自从那天以后明明就不允许我们叫他渣男了，我们得称他“宇哥”。明明与宇哥把话说开后，两个人在相处的过程中就多了几分了解。

我从来没见过这样的明明，烟也不抽了，夜也不熬了，就连口头禅也从“我呸”变成了“讨厌”。你还别说，这样的明明还真有种江南女生的细软与温柔。

明明生日的时候，我们一帮朋友都到了场，这是我第一次见到宇哥。在一片起哄声中姗姗来迟的宇哥，抱着一束花进来，大方地祝明明生日快乐。

明明当时的那个眼神，看得我浑身起鸡皮疙瘩。

难得聚一次，几个月没出来跟我们一起喝酒的明明也是高兴了，给自己连续满上了两杯啤酒下肚后，坐在她旁边的宇哥开始着急了，两条眉毛差点就要皱到一起去。趁大家不注意的时候，他拉过明明，在她的耳边说：“你酒量不行，不能这么喝。”

明明听完后看向宇哥的眼神简直能滴出水来，她知道宇哥是想起他们俩第一次喝酒时，两杯伏特加就醉得站不稳的自己了。

这个时候我们这帮有眼色的兄弟再不撤，明明回头准要揍我们，于是我们纷纷以还有事为借口全都走了，把空间留给明明和宇哥。

酒精上头的有情男女，总归要发生点什么。

然而明明心里透亮：他还没离婚，她不能做小三。

也是在这个时候宇哥的电话响了，不是别人，正是他法律上的老婆打电话给他，跟他说：“我妈要不行了，你赶紧来一趟。”

宇哥听完电话就慌了，压根儿来不及跟明明解释，就赶紧打车往医院跑。他怎么也不会知道，他身后的明明，一个号称自己是“女金刚”的明明，就这样流了满脸的眼泪。

宇哥到医院的时候，他丈母娘是真的要不行了。这位阿姨的身体一直不太好，上半年查出来癌症她谁都没告诉，等到终于熬不住的时候，也是她跟她女儿和女婿告别的时候。

阿姨攒着一口气，只等着宇哥到。宇哥一推门看到病房里站满了人，他走近后叫了一声“妈”。老太太用力地点点头，然后才开始对他说：“你辛苦啦。我们家，对不住你，可我就这一个女儿，我没办法。我相信你们，还是有感情的，我走了以后，你们要好好的，好好的……”

好不容易断断续续地把这句话说完，宇哥就听到丈母娘的生命检测仪发出了“嘀——”的声音，屏幕上的一条直线让整个病房瞬间被哭声充斥，他的眼角也湿润了起来。

他老婆哭得更是已经喘不过气了，一帮人劝她节哀，宇哥抱着她，慢慢地拍着她的后背。不知道多久后，她才停止了哭泣。

丧事办得很快，不过两三天，一个人就化成了灰住进了一个盒子里。

宇哥帮他老婆把最后一个客人送走后，拍了拍老婆的肩膀，示意她坚强。

这是两人这几年来心离得最近的一次，他老婆这几天明显瘦了不少，宇哥不免有些心疼。

两个人就这样坐着谁都没有主动开口说话，半个小时过去后，宇哥的老婆才打破了安静，说："你爱上别人了？"

宇哥说："是。"

"那我算什么？"

"法律上说你是我的妻子，在我的心里，你是我爱过的人。"

"那你打算什么时候跟我提离婚？"

这个问题真是问到宇哥了，丈母娘离开之前唯一的愿望就是希望他们俩好好的，但是他们俩都知道，他们不会再好了。

"你先别多想，保重身体，照顾好孩子。"

毕竟是爱过的人，宇哥到底没有狠下心。

这些天在忙葬礼的事，他完全没有时间联系明明，待他再给明明打电话的时候，发现明明的电话已经显示空号。

如果一个人想要在这个世界消失，那不是一件容易的事。

但如果一个人想要在另一个人的世界里消失，那就容易多了。

明明在生日过后就下定决心要跟宇哥断绝所有的关系，她信命，她觉得他们没有在一起的命。

哪怕他们在一起的时候，她能够感觉得到她对面的那个男人对自己的感情，带着少年的冲动，也有男人的克制。

她不介意做"备胎"，两年其实也没多久，她介意的是，他每一次想要靠近，最后却又缩回去的冷静。

能够被别人喜欢是一种运气，能够喜欢别人是一种能力，

愿我们都有爱人的能力和被爱的幸运。

挡在他们面前的东西太多了，他的承诺、他的原则，当然也有她的底线和她的原则。

明明说她也不知道下一次遇到心动的人会是什么时候，这次就当练练手吧。

我欣赏洒脱的姑娘，但我知道明明其实没那么洒脱。

不然她为什么要换工作、换号码，还换掉了她在这段尚未开始的爱情中的回忆。

我问明明："如果宇哥离婚了来找你，你会跟他在一起吗？"

她回我："呸，咱能别提那个渣男吗？"

我又问明明："那你恨那个渣男吗？"

明明回我："程一，你是不是欠揍啊？他没名字啊！"

这次轮到我呸了！我不问了还不成吗？

一年过后，因工作的关系我再次遇到宇哥，他倒是没什么变化。我们俩一起吃饭，有一句没一句地聊着工作，绝口不提明明。

饭吃完后，宇哥接了通电话，然后跟我说："抱歉，下次好好聊，我女儿今天要打疫苗，我得回去了。"

我点头表示理解，然后目送他离开。

宇哥走了以后，我给明明打了通电话，让她猜我今天碰到谁了。

电话那头的明明好像因为手下的人谈丢了一个广告，正在气头上，上来就骂我："你碰到谁关我屁事！"

"女人，你能稍微温柔一点吗？"为了防止明明把我的耳膜震碎，我特地把话筒拿得离耳朵稍微远一点。

“不能！忙着呢！有事赶紧说！”明明有些不耐烦。

“我碰着宇哥啦！今天中午我们俩一起吃的午饭，怎么样！刺不刺激？”说完后我屏气凝神了很久，期待着明明的回复。

“哦。他还好吧？”

“嗯，还不错，好像跟他老婆关系缓和了，刚刚忙着回家带孩子打疫苗呢。”

“我就知道他是个好男人。行了，我忙去了，挂了啊，有空了喝酒。”

说完后明明就挂了电话，好像我们刚刚聊起的那个人，与她从来都没有过任何的关系。

我本以为宇哥说下次好好聊只是客气话，谁知道没过几天，他就真的又联系我，约我喝下午茶。

酒喝多了，偶尔喝喝下午茶，也是不错的选择。

这次见面，宇哥跟上次稍微有些区别，上次我们俩是绝口不提明明，这次刚坐下来，他就开口问我：“明明，她还好吗？”

不得不说，他俩还真的挺有默契。

“挺好，能吃能喝能睡。”

听我这么说，宇哥笑出了声。

“那就好，不过我还是担心她，她的酒量不行，跟你们一起喝酒时，你们多多担待她。”

时隔这么久，宇哥竟然还是不知道明明是千杯不醉，我服气了。

“放心吧，我们都有数。”

不管怎么说，我都不能在明明曾经的暧昧对象面前拆她的台。

宇哥说其实他是真的喜欢明明，也想过尽快跟他老婆离婚，但是他也没有想到后来会发生那么多事，如果可以重来一次，他希望自己最先遇到的人是明明，这样他就没有任何的顾忌了。

可是不管是生活还是爱情，我们谁都没有机会重来一次。至于这场遗憾，谁这一生会没有遗憾呢。

只要能够在遗憾过后依旧认真地生活，这就够了。

有些爱情，就是用来错过的。

有些人，就是用来经过的。

愿在错过与经过之后，我们都可以鼓起勇气，继续奔跑，然后跟对的人撞个满怀，重新开始一次，有未来，也有期待的相爱。

路途遥远，你慢慢来

虽然路途遥远，
她还是来了，他也还是等到了。

葛朗是我的高中同学，上学时我们俩的座位只隔一个走道。

我们是性格完全不同的两种人，我是耐不住性子总想往外跑，他是如果可以宁愿在教室坐一整天，我们唯一的共同点就是成绩都很一般。

高二的某一天，我突然开窍喜欢上了播音主持，并下定决心要成为一名主持人。

葛朗见我突然发愤，也不甘落后，数学从来没考过及格的他，也不知道怎么就能把函数题做得非常顺手。

有很长一段时间，班主任一开班会就要拿我们俩做对比。

“我们班有些同学总是不务正业，做着不切实际的梦，我劝你还是要早日清醒，正视自己。当然除此之外，更多的同学都很踏实，虽然基础不好，但是只要脚踏实地地去努力，我相信你一定可以考上自己理想的大学。”

不务正业说的是我，脚踏实地说的是葛朗。

我高二那年为了准备艺考，有很长一段时间都在校外上专业课，等到我回学校的时候，本以为我的桌子上会被各种文化课的复习题堆满，没想到我的书桌上竟然空空如也。

我问同桌，同桌说不知道。

我问葛朗，他闪躲的眼神告诉我他知道，然而他却说他也不知道。

我说那我去找老师再要一份，结果葛朗一把拉住我说："程一，你别去，你的资料在我这儿。"

说完后，葛朗从桌肚里摸出一沓试卷，原来他以为我专心搞艺术，不会再回来学文化课了，所以把我的卷子全都拿去又做了一遍。

课外活动的时候，我跟葛朗一起去小卖部买烤肠吃，我问他："你怎么突然喜欢学习了？"

葛朗咬了一口烤肠说："那你咋突然想当主持人了？"

我说："梦想，我现在是一个有梦想的人，你懂吗？"

"切，哥现在也是有梦想的人，哥也要去北京上大学，看看北京到底有多大！"

高考结束后，不务正业的我考上了我想上的大学，葛朗考语文的前一天晚上吃坏肚子，第二天拉到虚脱，最后不幸落榜。

班主任觉得非常可惜，劝他复读，葛朗在家里犹豫了一个暑假，然后还是听从了班主任的意见，抱着书再一次坐进了高三教室。

再一年高考，葛朗非常紧张，紧张得竟然忘了带准考证，等到他发现的时候距离进考场只剩下十分钟。他赶紧以百米冲刺的速度往家跑，又以百米冲刺的速度跑回考场，最后踩着进考场的截止时间坐到了座位上，无奈作文还是没写完。

那一年葛朗踩线上了河南的一所二本院校，再一次与北京失之

交臂。

刚上大学的时候，葛朗给我发 QQ 消息，问我北京大不大。

我说：“可大了，你要来玩吗？”

葛朗不说来也不说不来，只说“我知道了”。

他知道什么了，我也不知道。

大学毕业，我离开北京，把大半个中国跑了个遍，后来决定创业，再一次回到北京心里有诸多感叹。

有一天晚上，与我许久没有联系的葛朗打电话给我说他来北京了，问我有没有机会见一面，我欣然应约。

再见到葛朗，他跟当初在高中时相比，除了头发少了，其他并没有什么变化。

格子衬衫、牛仔裤，再配上一双耐克运动鞋，非常符合他程序员的身份。

“你怎么突然来北京了？”虽然许久未见，但是我与葛朗之间并没有变得陌生。

“程一，我恋爱了！我女朋友是北京人，所以我就来了！”

葛朗的回答把我吓得不轻，我本以为他来北京是为了当初的梦想，没想到他竟然是为了北京的姑娘，用我们班主任的话来说那就是不切实际，最好还是早日清醒。

“那你女朋友呢？今天怎么不一起来让哥们见见？”

葛朗有些不好意思，挠了挠头说：“不瞒你说，我还没见到她。”

我做梦也没想到，这个平时闷不吭声的葛朗竟然有一天还会网恋，最重要的是他连姑娘的脸都还没见过就敢为了她来北京，不得不说，葛朗这事做得让我有些刮目相看。

01

葛朗的女朋友叫只只，是地地道道的北京人。

两个人相识于某二手交易平台，只只是卖家，葛朗是买家，于是两人就这么认识了。

这里我要重点提一下葛朗从只只那里买到的东西，打死你们也想不到，竟然是一支全新的飞利浦剃须刀。

一个女生在二手交易平台卖剃须刀，还是全新的，显而易见，剃须刀本来有它的主人，只可惜主人好像不要它，让葛朗捡了个漏。

专柜价一千两百块的剃须刀，只只在二手交易平台上的售价是五百块，经过葛朗的软磨硬泡，最后以四百块成交。

虽然我从头到尾都没参与这场交易，但是听葛朗说完后我觉得他也忒狠了，竟然跟人家一个姑娘这么砍价。

葛朗说他砍完就后悔了，想着人家姑娘本来失恋已经够难受了，自己竟然还这么不要脸，于是找只只要了支付宝账号，又给只只转了一百块钱过去。

只只在二手交易平台上一共卖出过二十四件“宝贝”，但是第一次遇见这样的买家。

人生就是如此，我们都是陪伴彼此的人，

先到目的地的人先下车，而我的终点是，没有终点。

她很有礼貌地给葛朗发了个“谢谢”过去，葛朗又给她回了个“不用谢”。一来二去，两个人竟然就这样在支付宝上聊了起来。

有一天只只对葛朗说：“你来北京吧，我做你女朋友。”

葛朗看到以后激动得差点把手机给扔出去，但是仍然还要假装非常淡定及理性，回复只只说：“你想清楚了吗？”

只只接着说：“我非常清楚，你来吧，只要你来了，我就是你女朋友了。”

有了只只这句话，葛朗立即跑去跟自己的领导辞职，交接工作的一个月对于葛朗来说每一天都是一种煎熬，一个月以后，他正式从公司离职，然后立即买了高铁票来了北京。

“那只只不会还不知道你来北京吧？”我疑问道。

“我这不是想给她一个惊喜吗……”

一听到“惊喜”这个词我就有些受不了，然而看到葛朗满脸的憧憬，我怎么也没敢打击他，万一只只是个骗子呢。

02

葛朗在北京待了一个星期，租了房子，找了工作，然后才敢联系只只，告诉她自己已经到北京了。

在我的意料之中，只只没有回复。

葛朗给我打电话说：“程一，你说她是不是很忙啊，怎么没回我消息呢？”

忙个屁。

“或许吧，毕竟这里是北京啊，工作压力这么大，你还是先好好工作吧，等她看到消息了一定会回你的。”

虽然我已经在心里认定葛朗是被骗了，可是担心他受不了打击，只能这么安慰他。

葛朗听完后非常开心，工作也更有精神了。

葛朗每天都给只只发消息，发了一个星期，只只仍旧没有任何回复。这次葛朗坐不住了，直接打了电话过去，电话那头是他非常熟悉的声音：“对不起，您所拨打的电话已关机。”

这下葛朗是真的蒙了，他在出租屋里坐了好久，然后放声大哭，哭完了去洗了一把脸，约我出来喝酒。

喝酒的时候葛朗什么话都不肯说，只是一个劲地倒酒喝酒，见他这么痛苦，我也只能陪他一起喝酒，其他什么都做不了。

喝到第四瓶啤酒的时候，葛朗终于抬起头，用他又红又肿的眼睛看着我说：“程一，你说我到底做错了什么，为什么别人只要努力就能得到自己想要的东西，而我呢，明明也努力了，结果却总是不那么如意。”

听葛朗这么说，我心里更难受了，别人不懂他，但我懂，毕竟我见证过他当初为了高考有多努力。大学毕业在家里明明有一份不错的工作，为了爱情辞职来到北京，本以为这一次他可以跟自己喜欢的人在一起，没想到最后连面都见不上。

“程一，我一定要留在北京，我要留下来！”

说完这句话后，葛朗拿起一瓶啤酒就往嘴里倒，两分钟后，一瓶啤酒已经全都被倒进了他的肚子里，只见他打了个饱嗝，然后就开始抹眼泪。

就在那一天，葛朗说他终于看到了北京有多大。

03

自那以后，葛朗就像失踪了一样，有好几次我给他打电话约他出来吃饭，他都说忙着加班，等有空了再说。

到底什么时候有空，葛朗没说。

他的朋友圈偶尔会更新，大多数都发送于深夜。北漂过的人都知道，北京是一座不努力就会被淘汰的城市，因此我自然也能理解葛朗突如其来的忙碌。

到了秋天，葛朗来北京已经整整三个月，他给我打电话问我是否有空，要请我吃饭。我再一次欣然赴约，这一次见面，葛朗跟三个月前已经有了不少变化。

大概是因为工作比较忙碌，他大多数的时间都在加班，所以清瘦了不少，还白了一点。

“程一，不好意思，前段时间在赶一个项目，所以一直没时间跟你联系，今天这顿我请了。”

看来失恋对于葛朗的打击算不上很大，他的状态比我想象中好很多。

“不过，程一，今天我找你是有一件事情想要告诉你，你先稳住，我怕我会吓到你。”

见葛朗突然这么正经，我在内心盘算着，不会和只只有关吧？

果不其然，葛朗下一句话就是：“只只没有骗我！她联系我了！她前段时间是因为出国玩，把手机给丢了，支付宝也登不上，刚弄好就联系我了！”

手机丢了三个月才想起自己有一个男朋友在支付宝里，这话大概也只有葛朗才会相信。

“只只约我明天见面，你平时都在哪里做头发啊，你带我也去搞个发型呗！”

“行啊，那吃完饭咱就走呗。”

那顿饭葛朗吃得尤其快，倒是我故意逗他，一会儿说太辣了要缓缓，一会儿说太烫了吃不下，把他急得差点要跟我爆粗口。

吃完饭我带葛朗去我常去的 Tony 老师那里理发，Tony 老师问他有没有什么想法，这哥们特有想法地说搞一个跟程一一样的发型就成。

Tony 老师更加傲娇，说这样展现不出他的技术，坚决不同意葛朗的要求，最后葛朗妥协，同意了让 Tony 老师在他的头上自由发挥。

两个小时过去后，葛朗顶着一头奶奶灰的头发从睡梦中醒来，然后就被镜子中的自己吓了一跳，问我这是怎么回事。

Tony 主动跟他解释说：“这是当下年轻人最喜欢的发色，希望你也会喜欢这次的尝试。”

04

葛朗哭丧着一张脸从理发店出来，一直念叨着该怎么办。

其实 Tony 老师没有夸张，葛朗换了发色以后，显得年轻了不少，这么走在街上，简直就是一个“时尚男孩”，回头率满分。

“别的我不担心，我就是担心只只会不喜欢这样的我。”

一提到只只，葛朗的话就变得尤其多，弄得我有点期待他们两个人第二天的见面。

第二天，葛朗换掉了平时常穿的格子衬衫、牛仔裤，换了一身卫衣加牛仔外套和工装裤的穿搭，再加上他刚染的头发，你别说，还真的帅气了很多。

他一路给我发消息说紧张，不知道只只会不会看到他转头就走。

我安慰他说：“尽管放心吧，你这样就算只只不要你，你走在路上也会有别的小姑娘来找你要号码。”他这才放松了些。

只只跟葛朗约在朝阳大悦城吃午饭，葛朗提前一个小时就到了，然后选了一家火锅店等只只。他记得只只跟他说过，她喜欢吃火锅。

大概四十五分钟以后，只只出现了，在葛朗面前的女孩，留着利索的短发，跟他染了同样的发色，两个人看着彼此，有些面面相觑，不知道要说什么。

“葛朗？”

“只只？”

两个人相互点头，然后相继落座。

葛朗虽然很紧张，但是在心里窃喜：真是没想到只只竟然真的喜欢这个颜色的头发，Tony 老师说得没有错！

“不好意思啊，你刚来北京的时候我跟我姐们出国玩了，回来时手机给落酒店了，折腾了一两个月才给拿回来，我不是故意不回你消息的。”

只只再一次解释自己消失的原因，葛朗见状，赶紧说：“没事，我知道你不是故意的。”

这时候服务员过来点菜，只只边接菜单边笑着说：“我以为你早回去了，没想到你还在北京。”

“没有见到你，我是不会回去的。”

葛朗的这句话，不仅撞在了只只的身上，也撞在了他自己的身上。

生平他只勇敢过三次，一次复读，一次来北京，还有一次，在北京等只只回来。

05

只只在没有遇到葛朗之前，非常用力地喜欢过一个男人。

那个男人是一个摄影师，每天都会给不同的女生拍照，只只是他拍过的其中一个女生。

只只喜欢他在工作中认真的劲，在追他的过程中哪怕再辛苦也没想过要放弃。

摄影师总是留着很长的胡子，只只问过他为什么，他说他懒，每次熬夜修片，修完后倒头就睡，醒来后就继续去给客户拍照，哪里还顾得上刮胡子，所以就放任胡子长着。

摄影师生日快到的时候，只只买了那个剃须刀打算跟他告白，告诉他以后她来帮他刮胡子，他想睡到几点都可以。

没想到他生日还没到，只只就看到他在朋友圈晒了他跟一个女生的合照，并配文：“我的女孩。”

只只在震惊之余心灰意冷，于是跑到二手交易平台把剃须刀挂了上去，没想到葛朗就来了。

说好的四百成交，葛朗非加她支付宝再给她转一百，这样耿直的买家，只只没有遇到过。出于好奇，只只主动跟他道谢，没想到两个人在支付宝上竟然也能聊起来。

失恋对于只只来说是一件大事，她剪掉了当初摄影师给她拍照时说很美的长发，然后染了各种奇奇怪怪的发色，每换一种发色，她都觉得自己重生了一次，心痛也减轻一些。

直到有一天，摄影师在朋友圈晒了自己的结婚证，只只点开图片看了很久，突然觉得好像也就那么回事，她才明白，原来再喜欢的人，说忘也就忘了。

这时候她收到一条支付宝消息，是葛朗发来的，他提醒自己："北京今天雾霾指数很高，出门记得戴好口罩。"

只只一字一句读完信息以后，回复他说："你来北京吧，我做你女朋友。"

只只没有开玩笑，她在跟自己打赌，打赌到底会不会有人为了自己拼一次命。她本以为葛朗不敢，没想到葛朗竟然真的来了。

见葛朗没有任何的动静，只只也就当当初的那句话没有说过，继续有一搭没一搭地跟葛朗聊着天，同时跟闺密计划着要出国旅游。

她哪里知道，葛朗当时已经跟领导提了离职，只等着工作交接完就来北京找她。

只只离开北京的那天，葛朗到了北京。

在国外玩得太开心，只只也没顾得上看支付宝上的消息，回国后发现手机丢了，直到重新找回手机，她才知道，原来葛朗已经等了自己那么久。

06

我问葛朗："难道你就从来没有怀疑过只只是在骗你吗？"

葛朗说："怀疑过，但是我更愿意相信她不会骗我。"

我又问："可你从来都没见过她啊，你就不怕她长得特别丑？"

葛朗说："怎么可能！只只这个名字这么可爱，一听就知道是一

个可爱的女孩子啊！”

我无话可说。

如葛朗所愿，只只成了他的女朋友，两个人手牵着手去找 Tony 老师重新染回黑发的时候，Tony 老师还有些生气，觉得他是在否定自己的创作。

好在只只在旁边打圆场说：“他染发是为了追我，谢谢你，让他追到了我。”

Tony 老师听了以后喜不自胜，然后愉快地给他们俩都染回黑发。

恋爱后的葛朗和只只经常在朋友圈狂秀恩爱，我经常一刷朋友圈就能看到两条连在一起的内容，对于我这个长期致力于工作而没空谈恋爱的人来说，简直就是一种伤害，无奈除了给他们点赞，我也阻止不了他们。

葛朗说他以前总是觉得自己特别倒霉，别人高考考一次，他要考两次；明明他已经特别努力了，最后却没能考上自己想上的大学；别人的初恋都在十七八岁，他的初恋却在二十七八岁，而且就差那么一点点，他就弄丢了她。

不过还好，虽然路途遥远，她还是来了，他也还是等到了。

有的时候，不管是学习、工作还是爱情，我们差的其实并不是运气，而是像葛朗这样傻傻坚持的勇气。这一次，葛朗的努力，终于得到了他最想要的回应。

初恋是用来遗忘的

其实没有他，
你也可以过得很好，很好。

我的高中同学毛豆突然打电话给我，说他在老家的集市上遇到司灵啦，没想到她这些年一点没变，还是那么好看，还是那么容易让人心动。

司灵是毛豆的初恋，上学时跟我是很好的朋友，不过那会儿我跟毛豆还不是很熟。

司灵家是卖包子的，她每天早上来上学都会拎着一袋包子来，给我们分。

因为她总是让我先挑，所以大家都以为她喜欢我，但我知道，我跟司灵之间的革命友谊来自我们在考试时偶尔的“互帮互助”。

有一次期中考试，我坐在毛豆的前面，毛豆坐在司灵的前面。按照我和司灵往常的作战计划，她负责英语，我负责数学，我们俩只需要跟毛豆通个气，让他在中间传个字条，就“完美”了。

数学比英语先考，到了下半场，老师的注意力开始下滑，司灵开始蠢蠢欲动。她掐中老师不注意的点就把字条丢到了毛豆的桌上，毛豆大概是不甘心司灵只跟我传字条，不跟他传，于是私自将字条扣了下来，准备把他的答案写上去。

但由于毛豆的作战经验实在是太少，监考老师很快就发现了他的异常，从他的手上一把拦截下来他准备回传给司灵的字条。

考试还没结束，毛豆就跟司灵一起进了政教处。

很快，学校的广播里开始对他们两个人进行通报批评，教导主任非常愤怒地还原了他们作弊被抓的场景，还在最后加了一句："毛豆要传给司灵的字条上写的三道题的答案全是错的，也不知道哪里来的自信要帮别人作弊。"

毛豆和司灵在学校成了同学们茶余饭后的谈资，只要有人说起他们一个人的名字，另一个名字很快就会被提起。

司灵自然是觉得丢人，但毛豆不觉得，但是这件事情带来的后果就是司灵再也不想理毛豆了，这让毛豆很苦恼。

高二的某一天，毛豆突然想到一个让司灵理他的办法，他偷偷地把司灵的自行车轮胎的气给放了，又假装跟司灵在车库偶遇，当他从书包里掏出一支收缩气筒的时候，司灵非常开心，于是暂且忘记了他让她在全校师生面前丢过人。

从那天以后，司灵再从家里带包子来，就不让我先选了。看到毛豆贱兮兮地冲我笑得一脸嘚瑟，我立即明白了毛豆这家伙一定是用了不正当的手段夺走了我优先选包子的权利。

有一次，我们开家长会，司灵的爸爸来了，毛豆特别有礼貌地问候他"叔叔好"。司灵低着头小声地跟她爸说，这位同学经常帮助自己，上次自行车坏了还是他帮的忙。

司灵她爸一听：嘿，这孩子还真是乐于助人啊。所以司灵她爸初见毛豆，对他的印象极好。

毛豆见状，特狗腿地跑去给他端茶倒水，说是感谢叔叔每天都做这么好吃的包子，让他能够茁壮成长。

那时候毛豆的身高只有一米七，司灵她爸见他这么说，想着这孩子以前得多矮啊，也太可怜了吧，于是从此以后，便让司灵早上多带一袋包子来学校，还特地叮嘱了司灵多带的一袋给毛豆吃，他正在长身体。

我们都无比羡慕毛豆，调侃他是被司灵她爸选中的人，以后怕是可以去当上门女婿了。

每次说到这里毛豆都要笑着骂我们，说我们嫉妒他，而司灵呢，通常会边给大家分包子，边笑着看毛豆跟我们打打闹闹。

现在想起来，那时候的生活，可真好啊。

司灵和毛豆的成绩都很一般，在当时最多也只能上个大专，但不知道从什么时候开始，他们俩应该是说好的，对学习产生了浓厚的兴趣，每天泡在一起只知道学习，连班主任都感到特别诧异，在班上表扬了他们很多次。

高中毕业后，毛豆和司灵都考到了本科线，拿到成绩后班主任连说了好几次“好啊，好啊”，让我们看了都很是感动。

就在我们都以为毛豆和司灵要谈恋爱的时候，他们两个人分别被两所大学录取，两个人之间的距离是四百公里。

上大学之前，司灵哭着给我打电话说她想复读，我叹了口气，问她：“毛豆呢？”

一听到毛豆的名字，司灵哭得就更厉害了，吓得我赶紧闭嘴。

最后司灵还是没有复读，因为一想到当初为了考大学吃过的苦，她就忍不住有些退缩。

不过在上大学之前，毛豆跟司灵承诺，他一定会经常去找她玩，司灵听了以后心里很甜蜜。

然而愿望是美好的，现实却往往没有那么圆满。

上了大学以后的司灵与毛豆，发现大学生活与他们想象的并不一样，别说两个人隔着四百公里的距离，就算是在同一所学校的人，都不那么容易见面。

因为大学除了要上课，还要搞各种各样的社团活动。司灵还好，对这些不太感兴趣，不过毛豆就不一样了。

上学时他成绩不好，又经常惹事，所以总被老师批评。但是到了大学，他外向的性格为他加分了不少，他开始崭露自己的锋芒。

毛豆虽然没能去司灵的城市找她玩，但是坚持每天都给司灵打一个电话。某一天，毛豆在电话里问司灵："你能不能做我女朋友？"

司灵在电话里过了很久才吱声说"好啊"，两个人就这样谈起了异地恋。

恋爱后的毛豆和司灵腻歪得不行，每天总有说不完的话。因为是异地恋，所以他们在大多数时候，只能抱着手机跟对方说话。

毛豆很忙，要上课，要搞社团活动，白天经常顾不上司灵，但是到了晚上，他总是连觉都舍不得睡，只为了能多听司灵说会儿话。

有时候听着听着毛豆就睡着了，司灵挂上电话，心里忍不住有诸

多感慨。

她感慨自己当初如果再努力一点该多好，她感慨如果她选择回去复读了该多好，苦那么一点时间，就会迎来两个人的幸福。

但是这些话，她从来都没跟毛豆说过。

到了大二，毛豆当选了学生会干部，本来一个月见一次的两个人，开始变成两个月见一次。

这种想见不能见的痛苦实在是太挠人，司灵实在忍不了了，给我打电话控诉了毛豆的“十大罪行”以后，在电话里咬牙切齿地决定：“我要和毛豆分手！”

说完后司灵就挂了我的电话，给毛豆打电话，电话接通，毛豆刚想说“晚上咱再聊，我这会儿在忙”，司灵就先开口说：“你忙归忙，抽空跟我分个手吧。”

毛豆这下慌了，司灵不是那种爱耍小脾气的女生，既然说了分手，那么事情就一定是严重到不能再严重了。

毛豆可一点都不想分手，赶紧买了张车票就往司灵学校赶。

还没到司灵学校，毛豆就发现司灵已经把自己的所有联系方式都拉黑了，在慌乱中他想起了我，给我打电话问我能不能给司灵打个电话，让她给他一次机会，两个人见一面。

我给司灵打了电话好说歹说，终于劝了她下楼去见毛豆。不过大半个月没见，毛豆就又黑了不少，可见他在学校的时候没少往外跑。

一想到这点，司灵刚消下去的火，又开始噌噌地往上冒。

“你来干吗啊？”

“我不想分手，能不能再给我一次机会？”

“行。”

毛豆也没想到司灵会这么爽快就答应了自己。于是他俩在司灵单方面宣布分手的五小时后又宣布了复合。司灵打电话告诉我的时候，我被她的执行力惊呆了。

复合后的毛豆和司灵又开始腻歪起来，毛豆也渐渐学会了多留一点时间给司灵。然而没过多久，司灵又给我打电话说：“我又想分手了，我觉得现在这样一点意思都没有。”

啥？要不怎么说“女人心海底针”呢，这回我是真猜不中司灵在想什么了，毛豆只能自求多福。

后来毛豆说他也跟我一样，压根儿不知道司灵说的“一点意思都没有”是什么意思。

司灵这次是铁了心要分手，我打电话给她，她坚决不接。

就这样，毛豆失去了司灵。

大二下半学期，毛豆当上了学生会主席，成了不少大一学妹心里的男神。

这家伙每次更新的 QQ 空间动态，哪怕发的只是一个标点，也能收获很多条评论，看网名就知道，全是妹子。

毛豆偶尔会跟我聊天，我知道他是想跟我打听司灵的近况，但司灵自从跟毛豆分手以后，跟我的联系也少了很多，所以我也没办法帮他。

大三刚开学的时候，毛豆突然给我来电话说司灵谈恋爱了，问我

知不知道这事。

我当然不知道，于是赶紧给司灵发了条消息确认是否属实。

“对啊，你怎么知道的，我记得我还没告诉你。”司灵云淡风轻的语气跟当初和毛豆在一起的时候完全不一样。

“没告诉我，我也能知道！你这也太突然了吧……”

“有什么突然的，谈恋爱不是很正常嘛。”

“那毛豆……”

“怎么了？我们俩都分开那么久了，再提他没意思了啊。”

分开那么久……如果我没记错的话,他们不过才分手几个月而已。

然而既然司灵都这么说了，那我也不好再帮毛豆说话。我把聊天记录截图给毛豆发过去，过了很久他才回了我一个“OK”的表情。

回了 OK 不代表真的 OK，据说毛豆当天晚上去大喝了一场，喝醉后的毛豆蹲在学校的操场上一遍一遍地喊着司灵的名字，还说着什么“我要吃肉包子”。

隔天早上，毛豆一醒来看到宿舍的桌子上放了一袋肉包子，他憋了那么久的眼泪立马就掉了出来。

给毛豆买包子的是个学妹，也是她前一天晚上把毛豆从操场上弄回宿舍楼下，让毛豆舍友把他带回寝室的。女生没办法进男生宿舍，女生宿舍又已经落了锁，学妹就一个人回到操场上溜达一宿，等到天亮才回到宿舍洗漱，估摸毛豆该醒了，又去食堂买了两袋肉包子，一袋给了毛豆的舍友，一袋让毛豆的舍友带给了毛豆。

毛豆没过多久就跟学妹在一起了，按照剧本发展，他与司灵都已经觅得新欢，两个人应该不会再有任何交集了。

但是生活这玩意，经常与我们所设想的一切逆行。

正在毛豆跟学妹开始热恋的时候，司灵跟她男朋友出事了。

她男朋友不知道在哪儿借了一笔贷款逾期未还，打他的电话找不到人，只能找到他女朋友的身上。司灵一脸蒙地被人问候了全家的祖宗，心里委屈得要命，可男朋友人就跟失踪了一样，怎么都找不到。

见打电话不行，要债的人找到了学校，司灵被吓得不敢出宿舍的门，她哭着跟人家保证这笔钱她来还，只要他们不要再来学校骚扰她。

要债的也只是想要钱而已，于是答应了。

司灵本以为不过几千块钱的事情，没想到她男朋友连本带利欠了人家五万。

当时我们一个月生活费才八百，五万真的太多了。

司灵急得不知道要怎么办，又不能告诉她爸妈，只能开始到处借钱。我当时也穷，掏空了银行卡才给她转了五百块钱。

司灵把身边能借钱的人全都借了一遍，就是没找毛豆。可大家都是高中同学，事情传得很快，毛豆很快就知道了这事，又一次给我打电话。

“你怎么不告诉我这事？”毛豆在电话里显得有些着急，还怪我没告诉他。我哪儿知道司灵愿不愿意让他知道啊。

“你把你卡号发来，我奖学金还没用，我在银行，现在就给你转过去，你别告诉她是我给的。”

正在我疑惑毛豆这个学渣也能拿奖学金时，我收到了进账提示，

爱一个人是打心底希望他一切都好，

而不是固执地觉得只有自己才能护他安好。

一万元整。

“你发财了？”

“没有，我用生活费凑了点，你赶紧给她转过去吧，我这几天也想想办法。”

行！毛豆果然好样的！

挂了电话后我就赶紧给司灵转了钱，司灵听说后只跟我说了一句话：“替我跟他说声谢谢，这个钱，我会还的。”

后来司灵还是没有攒够五万块钱，放贷的那边看她一个小姑娘也不容易，最后拿了她的两万块钱就走了，也没再找过她的麻烦。

钱还上后，司灵给她男朋友发了条信息，内容大概是：“钱我已经帮你还了，你这个孙子如果是个男人就赶紧出现。”

那个孙子一听说钱还了，隔天就出现在了学校，跪在了司灵的面前求她原谅自己。

我本以为以司灵的脾气，肯定会跟那孙子分手，谁知道他们俩竟然依旧在一起，这下我是彻底看不懂了。

当初司灵要跟毛豆分手的决绝呢？怎么到了这儿就不管用了。

难道她喜欢这个孙子比喜欢毛豆还要多？

在当时我把此事当成了一门玄学，不知道司灵到底在想什么。

大学毕业后，司灵考上了公务员回到家乡上班，她那个男朋友一直都没找到什么好的工作，说是打算跟朋友一起创业，司灵懒得管他，也就随他去了。

毛豆考上了研究生，继续陪着他的小学妹一起念书。过年的时候回家聚会，我问毛豆，未来有什么打算。

他笑笑说：“未来的事情未来再打算吧，现在还不知道。”

其实我知道，他不过是想等一等司灵，等她真的幸福了，他才能安心。

司灵的男朋友虽然在学校做了不少混账事，但自从和朋友创业以后，突然就跟转了性似的，变得很不一样。

他跟朋友合作开的公司意外地做得不错，才半年的时间，就开始忙着扩充团队。有一次我回河南办事，他跟司灵请我吃饭，看得出来，这个当初莽撞不懂事的男生，现在已经逐渐变得稳重，说话、做事都知道为司灵着想。我在心里暗暗感叹，司灵也算是苦尽甘来了吧。

前年我收到了司灵的结婚请柬，请柬是司灵手写的，她的字我一眼就认了出来，这可是当初给我们班写黑板报的字啊，秀气又不失大方。

自从高中毕业后这还是我第一次见到司灵的字，过去高中时代的回忆就这样迎面而来，打在我的脸上。

我想起当初司灵每天都会给我们带包子，有时候还会单独给我带一碗胡辣汤。

我想起她跟毛豆考试作弊被学校通报批评，她坐在位子上整整哭了一个下午。

我想起她跟毛豆谈恋爱时的第一个暑假，他们俩约我出来玩，他们俩抱在一起想要接吻，被姗姗来迟的我正好撞见，她满脸通红，面若桃花，毛豆的眼睛里更是带着少年的骄傲与欣喜。

我想起她跟毛豆分手的时候说的那句“这样一点意思都没有”，虽然这么多年我依旧没弄明白她为什么会这么说。

我想起她后来重新谈恋爱遇到的各种事情，再到现在结婚，眼里只剩下温柔和幸福。

我不知道她有没有给毛豆发请柬，但毛豆在她婚礼的前一天晚上给我打了一通电话，我因为在开会没有接到，后来也忘了给他回过去。

隔天司灵出嫁，我们当初的高中同学也有几个人到场，再次见面，大家都在感叹物是人非。

然而当司灵穿着婚纱走上红毯的时候，大家立刻就忘了前一秒的感叹，开始为她的幸福鼓掌呐喊。

至此，毛豆与司灵的故事正式结束，我们也在与回不去的青春挥手作别。

酒过三巡，司灵抛下她的老公，一个人端着酒杯来到我的面前，跟我说：“他没来啊，我欠他的一万块钱，看来只能让你代还了。”

说这句话的时候，司灵的眼睛里分明是带着眼泪，我也不知道为什么当初那么相爱的人，最后竟然如此收场。

“程一，你知道吗，我当初是真的很喜欢他，喜欢到我舍不得他因为我去做任何的改变，我们在高中时都太普通了，唯一的不普通就是作弊被抓。我当时觉得好丢人啊，可他跟我说：‘怕什么，我比你还丢人，我给你写的三道题竟然全错了。’到了高三，我们下定决心要好好学习考上大学，虽然最后结果并不那么如我们所愿，但至少我们都做到了。

“到了一个新环境，他开始渐渐发光，渐渐不再普通，我为他感到开心，也为我们感到担忧。第一次说分手，我真的没想那么多，但是他来学校找我，说他不想跟我分手，后来我们和好了，他回去以后减少了学生会和社团的活动，把更多的时间放在我的身上。才刚刚开始发光的人，因为我又变得暗淡，我舍不得。我担心以后他为了我还会放弃更多，所以我才跟他说了分手。

“那次分手以后我想了很多，我甚至想回去重新读一次高三，跟他考到同一所大学里，他忙的时候我就在他的旁边陪着他，但一想到高三那么辛苦，我就退缩了，我终归还是有点自私吧。

“后来我恋爱，我老公出事，他给我打钱来的那天，我一个人躲在卫生间里哭了很久，我很想他，但是我不能因为我想他，就去破坏他的感情。一个女生，可以忍得了他这么对自己的前女友，这得是多么爱他啊，我不能因为自己就让他失去一个这么好的女生。

“再后来我就看开了，为了让他安心，我继续谈着我的恋爱，好在我老公很爱我，他愿意去变得更好。我想现在对于我们来说，就是最好的结局吧，可能初恋就是用来遗忘的，我们都忘了吧，挺好。只是他当时的那一万块钱，我原本想着今天他来了，我亲手给他的，没想到他没来……”

说着说着，司灵就笑了，我的眼睛却开始湿润起来。

这几年我一直都觉得自己不够懂司灵，没想到我是真的不懂她。

她自己心里藏了这么多事，从来都没对我们说过，我还一度以为，她真的没那么喜欢毛豆。

我也是后来才知道，毛豆那天没来婚礼的原因是那天小学妹的爸妈去他们那边，不管怎么说，他都得陪着两位老人。

就像司灵说的那样，或许这就是对他们两个人来说最好的安排。

“程一，我今天带我媳妇回老家，你猜我遇到谁啦！我的天哪，我竟然遇到司灵啦！她怎么生完孩子身材一点都没走样，还是那么好看，还是那么容易让人心动啊！”

正在出差的我听到毛豆给我打的电话,忍不住扑哧一声笑了出来。

“你媳妇呢？有本事你当她的面再说一遍。”

“别啊，我这不是感叹一下嘛。我当年的眼光是真好啊。”

“你现在的眼光也很好。”

“哈哈哈，那是。你啥时候回来，我们小两口请你吃饭啊，顺便把我媳妇的闺密介绍给你认识认识……”

啧啧啧，已婚男人还真是不一样，这就当起了媒婆。

对了，我忘了说，毛豆在今年上半年也结婚了，司灵有了一个可爱的宝宝，他们没有任何联系，但都过得很好。

如司灵所说，初恋就是用来遗忘的，如果你也有一个难忘的人，不如试着慢慢把他放下，然后你会发现，其实没有他，你也可以过得很好，很好。

等你准备好，
我们再相爱

你为什么总是如此可爱。

我大学时有个室友叫二筒，二筒是他的小名，据说是因为他妈妈特别爱打麻将，怀孕的时候仍是棋牌室的常客。

二筒的妈妈在生二筒之前还在麻将桌上，正打着筒一色胡二、五筒，结果一把摸了个二筒回来，这下把她可乐坏了，一不小心动了胎气，阵痛袭来，牌友们手忙脚乱地送她去医院。

那会儿二筒妈妈距离预产期还有十多天，突然动了胎气，只能剖腹产让二筒出来，进了产房不多一会儿，六斤八两的二筒就来到了这个世界，二筒妈妈当即就决定给他取个小名，就叫二筒，因为她打心里认为二筒会给她带来好运。

并不是妈妈迷信，真的仿佛是玄学，自从二筒出生以后，二筒爸爸的生意就越做越大，家里的收入也越来越高，二筒的妈妈见状更是开心，不管在哪儿都要嘚瑟一下自己的儿子是大福星。

01

太过高调往往会带来麻烦，在二筒四岁的时候，二筒妈妈把二筒带到棋牌室，让二筒跟小区里其他小朋友一起玩，自己跑去打麻将。

二筒也很听话，妈妈说让他去跟别人一起玩，他就跟着别人一起玩；别人走了，他也跟着走。他还小，腿短跟不上，走着走着就跟丢了。正在他不知道该怎么办的时候，有一个阿姨出现了，问二筒叫什么名字、几岁了。

二筒奶声奶气地回答后，阿姨又问他想不想吃糖。没有小朋友可以拒绝糖果的诱惑，二筒也是如此，见阿姨从口袋里摸出棒棒糖，立马点点头就要拿。

这时候阿姨又说了：“阿姨家里有更多的糖，你要不要跟我回家吃？”二筒再一次点点头，然后就牵住了阿姨伸出的手。

天色渐晚，二筒妈妈的麻将也打完了，她找了半天找不到儿子，心里一阵着急，赶紧拉着牌友们帮她一起问，看看有没有人看到二筒。

问了一整条街，都没有人说看到，二筒妈妈急得一直掉眼泪，又不敢告诉二筒的爸爸说自己因为打麻将把儿子给弄丢了。

实在没有办法了，她只能去派出所报案，本来像这种失踪不到二十四小时的情况是不会立案的，但是一听说是孩子，民警们一刻都不敢松懈，立马就派出了人手一起来寻找二筒。

很快，民警们就在火车站拦下了带走二筒的那个女人。如果再差十分钟，那趟火车就要开走了，而二筒很可能就再也找不到了。

儿子失而复得，二筒妈妈哭得差点崩溃，一遍又一遍地跟民警道谢，并在民警面前保证以后再也不打麻将了。

二筒还沉浸在阿姨给他棒棒糖吃的喜悦中，压根儿不知道发生了什么，但是看到妈妈哭成这样，他被吓得也哇哇大哭，把民警一时弄得有些手忙脚乱。

拐走二筒的那个女人不是本地人，她在二筒家小区附近的一家餐馆里当收银员，老公身体不好，两个人一直没有孩子，总是听别人说二筒有福相，便动了歹念。

只是让她没想到的是她第一次出手，二筒就上当了，更没想到的是民警竟然可以这么快就找到自己。

从那以后，二筒的妈妈真的就再也没有进过棋牌室，每天恨不得二十四小时陪在二筒身边，所以二筒的童年和青春期，一直处在妈妈的“关爱”下。

青春期的二筒最大的愿望就是逃离妈妈的掌控，然而一旦他有这种想法，妈妈就会泪流满面地讲起小时候他差点被拐走的事，于是他只能按部就班地上学放学，不敢有其他的想法。

高考结束后，二筒没有跟家里人商量就把志愿填到了北京。录取通知书下来的时候，二筒的妈妈再一次哭成泪人，说二筒不能离开福州，不能离开她。

然而二筒却沉浸在即将脱离束缚的喜悦中，最后还是他爸爸出面安慰他妈说：“他现在是十八岁，不是四岁了，丢不了的。男孩子就该出去闯闯，北京多好啊！”

这是二筒第一次感受到父亲与母亲的不同，也让他下定了决心一定要成为一个像父亲一样的人。

但有些时候梦想如乌云一样，能短暂地看到，一有太阳出来，一切就消失得无影无踪。

而对于二筒来说，太阳的名字叫“大学的诱惑”。

02

上了大学的二筒，因为我们寝室有菜鸡这个游戏大神，很快就成了菜鸡的小弟，天天在宿舍喊：“鸡，今天刷本带我好吗？”

通常这个时候菜鸡都会回他：“成啊，不过你得答应我，你跟着就行，啥都别干。”

刚开始打游戏时，二筒见有敌人攻击菜鸡，总是乱放一通技能，本来菜鸡一个人可以应付的，敌人一看有个弱智自讨苦吃，一个技能就把二筒干掉，他只能回到复活点复活。

几次过后菜鸡也就知道了，不管打什么副本，带上二筒可以，但对他只有一个要求：啥都别干。

到了大三，菜鸡谈恋爱去了，二筒只能一个人打游戏。当他发现没有了菜鸡他啥都干不了的时候就急了，一气之下卸载了游戏，开始跟我和老大一起搞学业。也是在这个时候，他才想起，上大学之前他在心底暗暗发过誓，要成为一个跟父亲一样的男人。

男人一旦认真起来是一件很可怕的事，二筒也不例外。

二筒是我们寝室第一个拿到录用信的人，思前想后，他还是决定回家乡工作：一来让母亲安心；二来他作为一个南方人，怎么都适应不了我们北方人洗澡要跟别人共用一间浴室。

毕业时我们寝室聚餐，大家都喝多了，老大和菜鸡早已鼾声如雷，只有我和二筒还清醒着。

彼时我刚找到一点职业的方向，但是也不确定自己能走多久，在黑暗中我问二筒："大学四年，你有什么遗憾的事吗？"

本以为他会说没有早点醒悟过来好好学习，没想到这人顿了顿，回答我说："没有像菜鸡那样谈一场轰轰烈烈的恋爱。"

别说是恋爱，二筒长这么大压根儿就没心动过。以前我们经常在宿舍嘲笑他年纪这么大了，竟然连女生的手都没牵过。

我作为一个"未来会红"的情感主持人对二筒所说的遗憾非常感兴趣，然而夜太深，不方便详聊，我们也就睡了。

03

大学毕业的第三年，菜鸡曾经的女朋友要嫁给别人了，由于他和老大都与其有过一段粉红色的回忆，他们俩结伴出席她的婚礼。

我跟二筒不禁在寝室群里唏嘘："真是物是人非啊。"

那天菜鸡和老大都喝多了，我把他们从婚礼上捞回来，顺便拍了一张照片给二筒发过去，感叹说：“二筒，如果你在该多好，这种苦不该让我一个人承受。”

谁知道二筒立即秒回我消息说：“既然这事你这么擅长，那么接下来我的婚礼，就让他们俩做我的伴郎，你负责主持和捞人。”

晴天霹雳！晴天霹雳啊！

二筒什么时候找的女朋友？

二筒女朋友长啥样？

二筒竟然要结婚了！

我的脑海里开始滚动着播放这三句话，让我不得不把老大和菜鸡扔到一旁，赶紧给二筒打个电话，问他啥情况。

“你是认真的吗？你要结婚了？”我的语气中除了震惊再无其他。

“认真的啊，喜欢一个人不就是要跟她结婚吗？我有喜欢的人了。”

“那你们现在处得咋样了？”

“没处啊，才刚认识一个月。”

这家伙，刚认识一个月就敢说要跟人结婚，没谈过恋爱的男人，果真会想得比较多。

“不过程一，你还真得帮我分析分析，看看我有几成的胜算。”

“成啊，你说说呗。”

04

二筒大学毕业后，回到他们市台工作，专业过硬，工作认真，短短两年内就成了他们台里的中流砥柱。

当年随着户外挑战的节目越来越火，台里的领导为了收视率也想做一档此类节目，二筒作为一个年轻人，最懂年轻人喜欢什么，台里一致决定让他来做项目负责人。

这个烫手的山芋二筒当然不想接，因为一旦做不好领导肯定要说“别人都行，为啥就咱不行”。

做得好呢，领导又会说：“你看看，我都能想到的点子，你们这些年轻人怎么就想不到呢。”

可是没办法，既然任务分到了二筒头上，作为项目负责人，他就必须承担相应的责任。

那段时间，二筒的头发不知道掉了多少，既要去设计挑战的内容，又要去拉投资，忙得他恨不得住在办公室里。

二筒经常觉得自己要猝死了，可是第二天又会在闹钟声里正常醒来，这一度让他觉得十分痛苦。

二筒也是实在忙不过来了，于是向领导提议招人，领导也没说什么就同意了。

招聘启事发出去的第一天，二筒收到了很多份简历，但是让他留下印象的只有三个：一个是因为秃，一个是因为跟我情况差不多——一年内从十家单位离职，还有一个就是二筒后来喜欢上的姑娘，名字过于特别，叫温柔，让二筒印象颇深。

二筒很快就给温柔发送了面试邀请，第二天温柔穿着一条白色的连衣裙，背着一个牛仔蓝色的帆布双肩包，手里还拎着一个行李箱，出现在了二筒的办公室。

不错，跟照片上一模一样，鹅蛋脸，鼻头上有一颗小痣，还有两颗浅浅的酒窝，怎么看，都是二筒的菜。

看到她手里的行李箱二筒也就明白了，一定是他的面试邀请让她连夜赶回来，这会儿连家都还没回，就先跑来面试了，先不说精神可嘉，在舟车劳顿之后还能这么好看，那得多难得。

温柔当然不知道二筒在想什么，她不安地坐在二筒的对面，等待着他向自己提出第一个问题，谁知道他只是低头翻看自己的简历，什么都不说，于是她也只能干坐着。

温柔是应届生，跟二筒差不多，在外地上学，毕业后觉得还是离家近点好，于是回来了。

她也是在无意间看到了二筒发出的招聘启事，想着投个简历试试，她也没想到二筒竟然这么快就给自己发面试邀请，估摸一定是用人很急，那么如果她不抓住机会，很可能就轮不到她了。

所以她想都没想就买了张火车票连夜赶回来，真的是连家都没来得及回，一下车就赶紧找了洗手间换了身衣服，稍微洗漱一下，化个淡妆就出现在了二筒的面前。

05

“那个，要不我先自我介绍一下吧。”见二筒一直不说话，温柔实在坐不住了，先开口打破了尴尬的气氛。

“嗯，你先说说你名字的寓意吧。”二筒这孙子，一到该正经的时候就容易不正经。

“其实也没什么寓意，就是我的父母希望我可以做一个温柔的女生吧。”温柔笑着回答。

“挺好的，你爸妈的名字没取错。”

“……谢谢。”

“你有男朋友吗？”

“什么？”温柔以为听错了，哪有人面试问这样的问题。二筒也意识到自己失态，赶紧解释说：“是这样的，我们工作前期会非常辛苦，也可能会经常加班，如果你有男朋友的话，我担心你没有办法同时兼顾私事和工作。”

“哦，不会，我没有男朋友。就算有，我也会以工作为重。”温柔显然是松了一口气，二筒听得出来。

“什么时候可以入职？”

“嗯？您的意思是愿意招我？”温柔没想到她的面试会这么顺利，只问了两个无关紧要的问题就结束了。

“为什么不呢？你科班出身，又愿意吃苦，身为女生，一定会很细心，我需要的就是这样的人，很显然你完全符合。”虽然话是这么说，但是二筒心里其实还是有点虚，他担心讲得太过直白，温柔反而要多考虑一下。

“没问题！我明天就可以入职，感谢您给我这个机会，我一定会努力工作的！”温柔的反应让二筒知道自己是多虑了，他刚刚悬起的心这才就此放下。

06

温柔入职的第一天，就赶上一次大加班。

二筒他们的项目推进得太慢，被领导批了一顿，整个项目组谁的脸色都不好，但是敢怒不敢言。

二筒带着他们重新梳理了一次思路，也相当于帮助温柔更快地融入进来，深夜十二点，大家都累得腰酸背痛，二筒叫了肯德基宅急送给大家加餐。

大家都跑过来拿吃的，只有温柔还坐在座位上，二筒见状赶紧跑过去给她送了汉堡和可乐。领导亲自送饭，温柔赶紧道谢。

“第一天上班就让你加班，辛苦了。”

“没事啊，我现在还不是特别了解情况，正好趁机会多多学习。”温柔喝了一口二筒递过来的可乐，笑着说。

“看你心态这么好，我也就放心了。吃吧，吃完差不多就能回去了。对了，这么晚了，你怎么回啊？”

“打车，我家住得不远，很快就到了。”

二筒本来想加一句“我送你吧”，但是又怕唐突，话到嘴边就变成了“行，注意安全，到家了给我发条短信”。

虽然这些年二筒没谈过恋爱，也没动过谈恋爱的心思，但是不得不说，他的情商是真高，这句话让温柔一下子就感受到了领导的关怀，瞬间感动得一塌糊涂。

就这样，整个项目组连续加了半个月的班，终于把修改后的方案做出来发给领导审核，结果领导看完以后突然说：“我看着是不大有意思，还是算了吧。”

“算！了！吧！”这三个字对于当时的二筒来说简直就像一把刀狠狠地插在了他的心上，让他一时喘不过气，差点昏过去。

当初说有意思的是他，现在说不大有意思的也是他，他当初的心血来潮，让二筒加了两个月的班，现在又说不干了，换谁都受不了。

但是没办法，领导说什么就是什么，二筒只能照办，只可惜苦了那帮天天跟他一起加班的同事。

二筒从领导的办公室出来以后脸色苍白，什么话都没说，但大家都看得出来一定是出大事了。

二筒在办公室越想越难过，从抽屉里摸出一包烟就往吸烟区走，走得太快，加上又有心事，他压根儿没想到温柔就跟在他的身后。

07

到了吸烟区，正想点烟，这时候突然一个熟悉的声音冒出来跟二筒说："借个火呗。"把二筒吓了一跳。

一回头二筒就看到温柔嘴边叼着不知道从哪儿拿来的烟。这跟她平时的形象不同，这样的温柔是妩媚的，是成熟的，是让二筒心动的。

二筒没说话，低头先给温柔点了烟，然后才给自己的点上。

"你什么时候开始抽烟的？"二筒问。

"大学。不过我抽得少，我不喜欢烟草的味道。"

小小年纪，烟龄比我的还长，二筒心想。

"以后别抽了，对身体不好。"

"行啊，我这不是想陪你抽一根嘛。"

温柔说话向来都是软软糯糯的，就像她的名字，给人的感觉十分温柔，哪怕此刻她在二筒的面前熟练地吐着烟圈，跟平时的样子判若两人，但是她的语气却在提醒着二筒，这个女孩就是你认识的那个温柔。

陪你抽一根，这句话就像是棉花一样砸在二筒的心上，软软的，让人痒痒的，有时候，爱情来得就是这般让人猝不及防。

一根烟抽完，温柔把烟屁股扔在地上，用脚踩了一下又蹲下捡起扔到垃圾桶，一套动作一气呵成。做完这一切，她回头冲二筒甜甜地一笑说："有什么大不了的，从头再来就是了。"

说完后便离开了吸烟区，把二筒一个人丢在原地仔细地回味她刚刚的笑，就仿佛前一秒跟他一起吞云吐雾的是另一个人。

08

“程一，说说呗，你觉得我有多少胜算。”二筒在电话里显得有些急躁。

“你这连人都不是特别了解，就谈胜算，未免也太早了吧。”

“不早了！我就是喜欢她！我从来没见过这么有意思的姑娘，我不允许她成为别人的女朋友！”二筒说这句话时有些咬牙切齿，难得他这么想要办成一件事。

“谈恋爱又不是面试，你说了不算，喜欢就去追，哥们支持你！大不了失恋嘛，老大和菜鸡他们有经验，都可以教你怎么度过失恋期。”

“行！那我试试，争取明年让你来给我们主持婚礼。”

在我的无语中，二筒挂断了电话。

不得不说，二筒的执行力真的很高，当天晚上他就给温柔发了条消息过去，问：“你喜欢什么样的男生？”

太不要脸了，怎么可以这么不要脸！问得那么直接，温柔当然也知道二筒动的是什么心思，很快就回复二筒说：“领导，我不想让同事觉得我是靠潜规则上位的。”

“这个锅我不背，我没有潜你！”

“你敢说你不想潜？”

“我想，那你给机会吗？”

这一去一回的，一个比一个直接，也是让人摸不清这两个人到底想的啥。

不过这次温柔的消息回得就慢了，二筒抱着手机一刻都不敢移开视线，坐等着温柔的回复。

过了大概半个小时，温柔还是没回，二筒接着又试探着发了一条“在吗”过去，过了大概五分钟，二筒的手机终于再次响起。

“不好意思，刚刚洗澡去了。”

手机这头的二筒一看到“洗澡”两个字心就凉了半截。

“领导，我刚刚洗澡的时候想过了，我不能答应你。”

“为什么？因为担心办公室恋情会被同事议论，还是你觉得我有哪里做得不好？”

“都不是，是因为我现在还没做好谈恋爱的准备。”

温柔的这句话回得好，一听就知道有故事。二筒这个傻子却疑惑谈恋爱到底有什么需要准备的，等着被宠不就行了吗？

谈恋爱当然需要准备，要准备好完全放下过去的那个人。

09

对于温柔来说，她过去的那个人有点难忘。

两个人一起经历了高中时学校和父母的强行拆散，又经历了苦尽甘来考入同一所大学的甜蜜，本来说好的大学毕业就结婚，只不过一个学期而已，他就喜欢上了别人。

温柔的第一根烟就是为了他抽的，她觉得自己是这个世界上最可怜的人，却没有人可以为她伸张正义。

她曾无数次诅咒那对狗男女不得好报，却未想到有一天，他真的会遇到不幸。

毕业前，他跟同学聚餐喝多了，晚上睡在大马路上，一辆小车开得太快，没来得及刹车，他丢掉了一条腿，保住了一条命，女朋友离他而去，他躺在医院哭着喊着想要见温柔一面，而温柔始终没有出现。

也不能怪温柔心狠，她一个人熬过了那么多冰凉的夜晚，所以她知道自己该做什么样的选择。

所以她选择了逃避。

一收到二筒的面试通知她就立刻回到了家乡，本来这几年她其实已经在慢慢放下他了，但是突然出现这样的事情，当初关于他的回忆又一次次地被激起。

那天其实她不是想陪二筒抽烟，是她自己想抽，因为前任的妈妈打了电话过来问她能不能给她儿子打个电话，鼓励他振作一点，她还说他的情况不是很好，这样下去真不知道他以后会不会出什么岔子。

挂了电话以后，温柔就想找个地方抽根烟，无奈找不到打火机。她其实很少抽烟，一年抽不到十根，但那天她是真的忍不住了。

然而令她没想到的是，还有一个人看起来比她还要难过，所以她忍不住就跟了过去，然后还顺便借了下火。

“有什么大不了的，从头再来就是了。”

其实这是她想对前任说的话，但是不知道怎么，就对二筒说了。

大多数人这辈子只有一次人生，但是对于温柔的前任来说，他是活了第二次。

他也是学的播音主持专业，最大的梦想就是要成为一名优秀的主持人。如今，他看似失去了实现梦想的资格，但其实他的声音还在，只要声音还在，那就还可以重来。

做不了电视主持人，那就做电台主持人。

有什么大不了的，从头再来就是了。

10

被温柔拒绝后的二筒心里十分难受，又给我打了三个小时的电话，问我觉得温柔到底什么时候才能准备好。

这么有难度的问题他不去问温柔，反而来问我，我也是有些匪夷所思。

但既然兄弟需要我陪聊，那我就必须在所不辞。

“有句话我想问你很久了，你喜欢温柔什么？”我问。

“怎么说呢，虽然我不像你一样懂女生，但是我第一次见到温柔的时候，我就觉得她是一个很有自己想法的人。她看似很乖，但总是会做出一些与她形象不符的事情。这种女孩子在外人和亲近的人面前一定是两副模样，我既然已经见过她的另一面了，那么我就要努力成为与她亲近的人。”

二筒的这番话把我感动得一塌糊涂，想来如果换作是温柔来听，一定也会有所触动。

我一直很信奉一个道理：喜欢是我在发现你的另一面时，不会说“你跟我想象中好像有点不太一样”，而是说“你总是那么可爱”。

遇到困难，坚持不懈、不屈不挠是我们寝室四位兄弟一贯的做事原则，二筒当然也是一样，虽然温柔并没有再给他任何回应，但他依旧没有放弃。

不知道从什么时候开始，二筒只要想去抽烟了，温柔就会不声不响地跟出来，不过不再借火，只是安安静静地站在二筒的旁边吐着烟圈。

二筒被她跟了五次以后，就不敢再去了，他倒没有什么其他的想法，只是不想温柔多抽烟，毕竟还是要注意身体。

过了大概半个月，有一天二筒突然在自己的桌上发现一盒口香糖，虽然没有人说起它的来历，但是二筒知道，温柔准备好了。

他隔着办公室的同事，看到假装在看别的东西，其实在看他反应的温柔，两个人视线相撞，她赶紧收回视线还吐了下舌头。二筒此刻的心里只有一个感觉：你为什么总是如此可爱。

那个得了乳腺癌的姑娘

我们还要与爱人多去
尝尝这人间的精彩。

01

阿何是我所有的女性朋友里，身材最好的一个。

自阿何有记忆以来，她爸妈的关系就一直不好，两个人很少会有一起在家的时候。

他们不在家，阿何就没有饭吃。

他们在家就经常摔碗、摔碟子，阿何还是没有饭吃。

那会儿，阿何家住在镇上，邻居阿婆开了一家卖豆浆的店，阿婆的孩子都在市里上班，只有她一个人在家，她很心疼阿何这么小就没有人管，于是跟阿何说："你如果饿了，就来阿婆家。"

后来阿何只要一饿，她就到阿婆家里喝一碗热腾腾的豆浆。

阿何的童年没有父爱和母爱，只有阿婆煮的豆浆的香气。

豆浆喝多了，阿何胸前的两只小包也越来越鼓。小学六年级的时候，别的女生还在穿着吊带，阿何已经成了班上第一个穿上胸罩的女生。

经常有男生觊觎阿何身后的两根带子，竟然还有人公然打赌，谁敢扯一下阿何的胸罩带子，谁就可以赢得五十块钱的赌资。

在那个时候的五十块钱，对于一个小学生来说着实是一笔巨款，然而蠢蠢欲动的人很多，真正敢发起挑战的人很少。

因为不知道是从谁那里传出来的，说阿何她爸爸是混黑社会的，经常在外面打架，还是会把人打到满脸是血的那种。

但是大多数人不敢挑战，不代表没有人敢，坐在阿何后座的小龙是全班唯一能天天近距离观察阿何穿的内衣是什么颜色的人。

听闻有这个赌约，小龙放出大话，他一定可以赢得这五十块钱，男生们不信，一阵起哄，小龙涨红着脸说：“你们给我等着！”

某天数学课上，数学老师正在讲台上神采飞扬地跟大家描述梯形到底是什么形，阿何困得打盹，头一点一点地往桌子上落。

小龙坐在后座看得仔细，此时不做，更待何时。他示意同桌做自己的证人，才刚触摸到阿何的内衣带子，就听到数学老师怒气冲冲地叫了阿何的名字，阿何被吓得立马站起来，而此时小龙压根儿来不及反应，只听“嗒”的一声，阿何痛得立马蹲下边尖叫边大哭。

还不知道到底发生何事的数学老师一脸蒙地走到阿何的座位旁，这时候全班男生的焦点都在小龙悬在空中的手上，然后班级里瞬间爆出大笑声。

数学老师是一位中年妇女，这会儿她终于明白了阿何为什么哭，也明白了男生们为什么笑。

她本想先把阿何哄好再来处理这帮不知好歹的男生，谁知道前一秒还在痛哭的阿何竟然站了起来，转身就给了小龙一巴掌。

教室里瞬间安静，没有人敢发出一点声音。

“老师，继续上课吧。”

阿何重新回到座位上，冲数学老师甜甜地一笑，仿佛刚刚发生的一切都与她没有任何关系。

旁观了这一切的数学老师明显地被吓到了，过了许久才结巴着说：“哦，好，对，上上，继续上课吧。”

课是怎么也没有办法继续上了，数学老师很快就宣布自习。阿何坐在座位上一言不发，小龙捂着又红又肿的脸心里一阵后悔。

从此大家都默认了阿何是一个不好惹的人。

02

很快初中各自升学，阿何班上的大多数同学都继续留在镇上读初中，只有少部分家庭条件不错的可以去市里上初中。

阿何爸妈的关系依旧不好，终于有一天两个人协议离婚，阿何跟她妈妈一起搬到了市区。

阿何也不知道妈妈什么时候变得这么有钱，竟然可以让自己住这么好的房子，上这么好的学校，她说不上开心也说不上不开心。

来到市区后阿何就再也没有喝过豆浆，发育也逐渐变慢，彼时班上的其他女同学也到了发育的年纪，纷纷穿上了胸罩，再也没有人会议论阿何的内衣带子，也再也没有人会恶作剧般地拿她打赌。

阿何就这样平淡地度过了自己的初中、高中生活，直到上大学。

初中时阿何开始读言情小说，她不敢在学校看，就只能晚上放学回家后躲在被窝里看，结果把眼睛给看到了近视八百度。

小说看多了，阿何就觉得这玩意全是一样的套路，要么是霸道总裁爱上青春小白兔，要么是高冷校花爱上痞子学渣，她也可以写。

上了大学以后，阿何就在某网站上开始写小说。别的女生忙着谈恋爱，她忙着写小说；别的女生忙着分手，她还是忙着写小说。写到大三的时候，阿何终于跟出版社签了出版合同，出版了自己的第一本长篇小说。

由于名字太过羞耻，我就不说叫什么了。

03

二〇一四年的时候我开始做“程一电台”，阿何偶然听到了我的节目，就问我需不需要稿子，说她可以为我提供稿件，免费的。

我一听竟然是免费的，当即同意，于是加了阿何的微信，让她发两篇稿子过来给我录。

结果她发来的稿子，一篇都不能用。别问为什么，反正我觉得你们应该也不会想要在我的节目里听到“他开着劳斯莱斯带我去吃肯德基”这种狗血爱情故事。

我怕自己太过直接地拒绝会让她伤心，骗她说录音必须一气呵成，但她的稿子太长了，我得找个很空的时候才能录。

阿何这个蠢货显然没有明白我的意思，跟我说：“不急不急，你慢慢来。等你录完了我再发给你，我有好多稿子呢！”

从那以后阿何就这样安静地在我的好友列表中躺着，直到有一天她给我发消息说：“程一，你是在北京吗？我来北京谈一个影视项目，咱俩见见呗！”

一听是影视项目，阿何在我心中的形象立马就高大了起来。

到了约定的时间，我特地去理发店洗了个头才去见阿何。由于吹造型浪费了一点时间，我比阿何略晚一些到，刚进咖啡店，我就看到了坐在角落里玩手机的阿何。

她的身材，是真好。这是我对阿何的第一印象。

但彼时我们还只是第一次见面，我并不敢说出来，只敢在心里默默感叹。

“嘿，程一，没想到你真的是一个胖子呀。”阿何主动跟我打招呼。

“你好，阿何，很高兴见到你。”我还有些放不开。

阿何来北京真的是为了谈影视项目，她新开的一篇连载小说被一家影视公司看上了，想买下影视版权。这对于一个作者来说，绝对是一个很大的认可，阿何非常开心，于是立马就买了一张机票来北京，准备去影视公司详谈。

初来北京的阿何没有朋友，于是她想起还有我这么一个网友，因

此抱着试试看的态度与我联系，没想到我竟然秒回了她，这让她非常感动。

从那以后，我被阿何称为她的挚友，虽然我们俩只见过一次面而已。

04

阿何在来北京的第三天去了影视公司，与她对接的是公司的一个制片人，由于这个人在阿何的生命中还有那么点位置，所以我就暂且给他起一个名字，就叫他老罗吧。

老罗三十五岁，比阿何大了整整十岁，在阿何面前聊起影视圈的事情，风趣诙谐，让阿何有些移不开眼睛。

刚开始的时候阿何还会经常跟我说起他们合作的进度，到了后来她开始只说老罗。

“老罗今天穿着西装背心打着领结，看起来真的超级绅士！”

“老罗说我今天妆很好看，哈哈哈！”

“老罗跟我说如果我有空的话，他可以带我逛逛北京，你说他是不是对我有意思啊？”

“老罗……”

阿何大概自己也忘了，她来北京是为了让她的故事变成电影出现在大银幕上，而不是整天听一个老男人瞎忽悠。

然而陷入爱情中的人总是盲目的，阿何很快就在朋友圈秀起恩爱，顺便又在老罗的公司附近租了套房子，有事没事地邀请他去家里谈谈莎士比亚，看一看好莱坞的经典大片。

偶尔老罗工作忙碌，阿何才会想起她还有一个叫作程一的挚友，约我出来喝酒。

再次见到阿何，她瘦了不少。我问她怎么瘦了这么多，是不是不习惯北方的饮食。

然而阿何却一脸娇羞地回我说："老罗说我瘦点好看，我刻意减的。"

行！你赢了！

阿何的恋爱谈得怎么样我并不是很清楚，但是她的影视项目就此搁置了下来，我问她公司有没有跟她说是什么原因，她回我："老罗说今年形势不太好，资方不好找，让我先继续写着，等完稿了再找资方谈。"

很快，阿何来北京半年了，她带着老罗来跟我吃过几次饭，在我的印象里，老罗话不多，并不像阿何说的那么健谈，当然也有可能是与我不熟的原因。

阿何继续写着她的那本小说，白天忙着谈恋爱，晚上熬夜写稿，经常大半夜我录完音，她还在网上"冲着浪"。

二〇一八年初，阿何突然觉得胸痛，她开玩笑说难不成自己还能二次发育？她那围度，再次发育可不得了。

我劝她最好还是让老罗陪她去医院检查一下，她抱怨说老罗太忙，两个人已经有很长一段时间没有见过了。阿何说出这话的时候大概连她自己都没有意识到她的爱情出了问题。

半个月后阿何胸痛的症状没有任何缓解，于是去医院检查，拿到检验报告的时候，阿何给我打电话，在电话里她只说了三个字。

“我完了。”

05

乳腺癌中期，这五个字成了阿何的噩梦，她不知道要如何才能从这场梦中醒过来。

医生要求立即手术切除，否则后期会有扩散的风险。

我问阿何：“老罗知道吗？”

“不能让他知道！这事千万不能让他知道，程一，求你了，帮我保密！”

我没见过这样的阿何，她明明一滴眼泪都没有掉，却满眼都是绝望。

比起从小就因为身材好而被同学开玩笑，突然有一天没有胸了，这听起来更像是一个玩笑，只可惜，没有人可以笑得出来。

阿何很快就约了手术，手术很成功，医生夸她心态好。但是术后为了防止癌细胞扩散，还有一系列的放疗和化疗在等着她。

阿何躺在病床上，平静得跟一切没发生过一样，她给老罗打电话说："我不喜欢北京，我想回去了，我们分手吧。"

电话那头的老罗冷哼了一声，回她："你爱怎样就怎样，我尊重你。"

如果一个男人爱一个女人，怎么可能就这样接受她的分手提议呢？但是老罗接受了。

所以老罗对于阿何的感情，在这一刻，阿何才看得明明白白。

知道自己生病的时候，她没有哭。

知道自己即将手术的时候，她没有哭。

手术完麻醉药性过后疼痛袭来时，她没有哭。

当老罗挂掉她的电话时，阿何哭得不能自已，她说："程一，我要回家，我不喜欢北京。"

阿何走了，我没来得及送她，她就离开了北京。

或许更确切地说是逃，阿何逃离了北京。

06

阿何没有回家，她的情况还不允许她那么任性，她去了上海，在某肿瘤医院继续接受治疗。起初每三天就要做一次血常规检查，鉴于她刚做完手术，伤口万万不能发炎，于是她找了一个护工照顾自己。

护工每天帮她冷敷消炎药、换纱布，不管伤口有多痛，阿何愣是一点声音都没有发出。

就这样过了两个月，其间阿何大大小小的检查不知道做了多少，每一次检查对于她来说都是一次宣判，好在癌细胞并没有扩散，她的伤口也在慢慢长好。

第一次化疗之前，阿何让护工陪着自己去买了一顶漂亮的假发，说是哪怕生病也要做一个美少女。

路上阿何还遇到一个熟人，一个她做梦也没有想到会再见的人。

是护工先发现有个男人一直在盯着阿何看，于是她用胳膊抵了一下阿何，示意她看过去。

还没待阿何看清楚，男人就主动走过来跟阿何打招呼说："你是阿何吧？我是小龙啊，你还记得我吗？小学时我坐你后座！"

男人手舞足蹈地跟自己比画的样子让阿何抑郁的心情突然变得晴朗。那一年，她的一巴掌打得他脸充血，也打得她自己手心痛了好几天才缓过劲，她又怎么可能会忘记。

"哎呀，真没想到有一天还能见到你，我听说你现在是作家啦！太厉害了！"

时隔多年，小龙已经长成了一副成熟男人的模样，但是讲起话来依然很有儿时的孩子气，阿何看着觉得很好笑。

"不是作家，我就是随便在网上写点东西，赚点稿费。"

阿何说的是实话，她从来都不觉得自己是一个作家，她从来都不觉得自己写的东西可以让自己配得上"作家"这两个字，这点她深信不疑。

"我不管，反正在我心里你就是个作家！对了，你现在也在上海吗？”

“嗯，我刚来不久。”

“是嘛！我来上海好多年了，以后有空我们可以一起出来玩呀！那什么，我可以留一下你的联系方式吗？”

小龙小心翼翼地试探着，大概是对童年时的那巴掌还心有余悸。

阿何把微信二维码调了出来，示意小龙扫，小龙见状笑得十分开心，再一次露出他标志性的虎牙。

“好嘞，那我改天约你玩啊，你先忙，我就不打扰了！”

阿何点点头然后与小龙告别，说了句改天再联系，留下小龙在原地傻笑不停。

07

第一次化疗之前，阿何很紧张，护工安慰她说最难的时候已经过去了，再忍忍就会好了。

阿何坐在轮椅上，突然就想起自己的童年。

自从她爸妈离婚后，她就再也没有回过当初的那个小镇，听说她爸这么多年还在当初她那个家里住着，她得有十三年没有见过他了，也不知道他过得好不好。

还有阿婆，不知道她是否还在卖豆浆，这么多年，她最想念的就是阿婆的热豆浆，那是这个世界上第一个对她好的人。

阿何想，如果当年她没有跟妈妈一起走，现在会是怎样。

或许她会跟镇上的大多数小孩一样，留在镇上读初中，如果成绩还可以的话，还有机会继续上高中然后考个大专，选一个好就业的专业。

大学毕业就该被家里催婚了吧，说不定还要回家相亲，相到自己的同学也说不准，想来都觉得尴尬。

正想得出神，阿何的手机突然一阵振动提示她有微信消息，巧了，她前一秒还在怀念自己的童年，下一秒就收到小龙的消息问自己今天有没有空一起吃饭。

阿何正想着要如何拒绝，小龙又拨了语音电话过来，阿何本想拒绝，却不小心按了接通键。

“阿何，你住在哪儿啊？中午有空一起吃饭吗？”电话那头的小龙说话底气十足。

“不好意思小龙，我今天没有办法赴约，下次好吗？下次我请你吃饭。”阿何的声音有些虚弱，小龙很快就捕捉到了她的不对劲。

“你怎么了？是不是不舒服啊？上次见你就觉得你好像很虚弱，你哪里不舒服？我去看看你吧，对了，你还不知道吧，我现在是医生，把你的地址给我，我去看看你。”小龙的语气透露了他的着急。

阿何没有说话，过了许久后小龙又一次试探着说：“阿何？你还好吗？让我去看看你吧。”

“乳腺癌，你能治吗？”

08

阿何本以为小龙从此会从她的世界里消失，但令她没想到的是，不过半个小时，他就出现在了自己的病房里，手里还拎着便当盒。

“你怎么这么多年一点没变，脾气还是这么大，我话都还没说完，你就把电话给挂了！”

小龙依旧是笑嘻嘻的样子，这让阿何有些过意不去。

“不好意思啊。”阿何主动道歉。

“我是医生，跟你一个病人计较什么呀。不过你说你，发育这么好干啥，这一刀切了，是不是特心疼、特舍不得？”

小龙突然间的调侃，让阿何前一刻的愧疚立刻消失殆尽，取而代之的是一顿回怼。

“不心疼！反正我有两个，切了一个还有一个！”

小龙听她这么说，心里暗暗松了一口气，还能斗嘴说明心态还不错，只要心态好，那就不是什么大问题。

小龙是外科医生，对肿瘤的治疗并不是很了解，他能做的，其实护工都能做，但他就是不走，阿何也没有办法。

在护士过来给阿何扎针之前，小龙收起了之前的嬉皮笑脸，一脸认真地看着阿何说：“生病没有什么好可怕的，我们每个人都会生病。如果难受的话你就喊出来、哭出来，没事的，只有我知道，我不会告诉别人。”

阿何的鼻尖有些发酸，但是这个时候不允许她牵动太多的情绪。

整个化疗过程持续了两个多小时，阿何的反应有点大，一直犯恶心，小龙在旁边端着一杯水，不厌其烦地帮助她漱口。

阿何此生最狼狈的时刻，被小龙看光，化疗结束后，她终于敢在他的怀抱中大滴地掉眼泪，一遍一遍地问他为什么。

为什么会是她得这个病。

为什么会是现在，在她这么年轻的时候。

小龙什么都没说，只是抱着她轻拍她的后背安抚她，大概他也明白，阿何是时候该释放一下了。

待阿何的情绪渐渐平静下来，她一言不发地看向窗外发呆，突然开始沉默的氛围并没有让两个人觉得不自在。

又过了几分钟，小龙才先开口说："以后让我来陪你吧。"

就跟他之前说"让我来看看你吧"是一样的语气，淡淡的却又透着坚定，让阿何想要拒绝却又贪恋这场突如其来的温暖。

09

小龙要辞掉护工，阿何不同意。他还有工作，天天在她这里耗着叫什么事，两个人谈判未果，阿何威胁小龙，他如果不同意以后就别来了，小龙只能妥协。

化疗之后还需要服用各种放疗靶向药，小龙只要有时间就会陪在阿何身边，阿何渐渐也习惯了在这个男人面前卸下那张坚强的面具，痛的时候就抓着他的胳膊哭，哭完了就装作一副什么都没有发生的样子，继续骄傲。

两次化疗之后，阿何的头发掉得厉害，趁小龙休息，她让他陪自己去理发店剃个光头，还开玩笑说想要快点试试自己买的那顶假发合不合适，小龙欣然应允。

两个人到理发店的时候所有造型师都在忙，等待的间隙，阿何靠在小龙的肩膀上睡着了，小龙看着阿何略有些苍白的脸一阵心疼，但是很快，柔软就代替了心疼，在他的心里占得满满当当。

每一场相遇都是久别重逢，换言之，久别重逢也可以是一场相遇。既然命运这个导演让他的女主角饱受痛苦，那么未来，他一定要让她过得幸福。

见造型师有空了，小龙轻轻摇醒阿何，阿何睁开惺忪的眼睛，第一反应就是寻找小龙。这一切都被小龙尽收眼底，如果这时候旁边无人，他一定要亲吻一下她的眼睛，问她愿不愿意嫁给自己。

阿何笑着跟造型师比画着自己要把头发全部剃光，造型师非常不能理解，为什么一个青春靓丽的女生要剃秃头，他本来还想要帮她根据脸形设计一款超时尚的发型，这下好了，压根儿没有机会发挥。

当推子开始在阿何的头上工作时，阿何看着镜子中的自己，在心里悄悄地说了一声“再见”，小龙就站在她的身后，两个人在镜子中眼神交汇，默契一笑。

很快，阿何的头发被剃得干干净净，小龙始终站在旁边没有离开，当造型师说“好了”，也不知道他从哪里拿出一顶帽子递给阿何，还

开着玩笑说：“早知道就不跟你打赌了，你这人怎么这么较真呢。”

这样造型师也就误以为阿何剃光头是因为一个赌约，而不会再做猜测。

阿何笑着接过帽子，顺带朝小龙翻个白眼，然后才开口说：“愿赌服输。”

10

阿何是在二〇一八年底开始反复在我面前提起小龙的名字的，彼时她已经结束了第一阶段的所有治疗，接下来只需要定期复查。

与当初提老罗不同，阿何的语气里不再只有女生说起爱人时的娇羞，如今的她更多的是温柔。

她说小龙做的饭特别好吃。

她说小龙竟然也剃了光头，结果回医院被领导骂得狗血喷头。

她说她现在最快乐的事情就是买假发。

她说她突然想跟小龙有一个家。

小龙的告白其实早就来了，但是阿何迟迟不肯答应，她总是觉得小龙值得拥有最好的人，却不肯相信，对于小龙来说，她就是最好的。

随着每一次复查带来的好消息，阿何脸上的笑也变得越来越多，她开始去认识新的朋友，去参加新朋友的聚会，没有人知道阿何是一个差点与世界告别的病人。

二〇一九年三月，距离阿何生病正好一年。小龙拎着一个盒子到阿何家里，满脸期待地让阿何打开，当一个比基尼蛋糕出现在阿何眼前的时候，她满脑子只能想到三个字：神经病！

小龙见她这个样子，哈哈大笑，只觉得他没见过这么可爱的阿何。

“阿何，你嫁给我吧。”

“我不要。”

“为什么？”

“我没有结婚的计划。”

“不成立，换一个理由。”

“那你买钻戒了吗？没买钻戒求什么婚！”

阿何的话音刚落，小龙就立刻抱着她在原地转了好几圈，然后兴奋地大喊，直到阿何说头晕，他才把阿何放下，然后认真地从口袋里掏出一只精致的盒子，单膝下跪，说：“我一直都觉得这是注定的，我小时候不懂事，伤害到了你，让我用一辈子弥补好吗？阿何，给我一个机会吧。”

小龙的求婚誓词讲得乱七八糟，但是阿何依旧感动得泪流满面。

11

小时候因为家庭的原因，别人看她的眼神里大多带着同情，只有阿婆心疼她。

在学校被小龙那帮男生一起欺负，班上的女生也只觉得她可怜。

她看惯了这么多同情悲悯的眼神，所以她想要活成让人仰望的样子。

她努力去做自己喜欢的事，去爱自己喜欢的那种类型的男人，去那个大得让她觉得没有容身之地的北京。

所以当她生病的时候，她的第一反应就是逃离，她不想让任何人同情她，这些人里包括我，也包括老罗。

她就这样一直把自己绷着，直到小龙出现，她才有机会释放。

经常有人问我，爱情到底是什么。

结婚誓词上我们经常听到的，无论生老病死，无论贫穷富贵，依旧不离不弃，这便是爱情。

老可以，病可以，甚至死也可以，只是但愿这一切都能来得慢一点、晚一点，因为我们还要与爱人多去尝尝这人间的精彩。

希望阿何这一生，再无病痛，只有幸福。

我的满腔孤勇，
一生只给一人

他登上高峰时，她及时祝贺；
他低入尘埃时，她蹲下陪伴。

01

不知道有没有人做过关于在北京从事人数最多的职业的统计，如果有的话，中介一定可以排得上名次。

二〇一七年重新回到北京创业的那个夏天，我微信里的中介人数第一次突破二十个。

他们来自不同的房屋租赁公司，但是有着相同格式的微信昵称，A 字开头，手机号码结尾，他们号称二十四小时为你服务，任何时间都可以立刻骑上一辆电动车，出现在你的身边。

每一年来北京的人都很多，每一年离开北京的人也很多。

每一年需要租房的人很多，每一年租不下去房子的人也很多。

这些人里有大学刚毕业立志要来北京见见世面的应届毕业生，有年轻貌美想来北京碰碰运气的“网红”，有像我这样脑袋发热突然想要创业的疯子，还有帮助大家在北京免去颠沛流离，也为了不让自己居无定所而努力的房产中介。

我很幸运，每一年都能留下来，每一年都能租到称心的房子。

但其实大多数来北京的外地人之所以觉得在北京没有归属感，就是因为在北京找不到让自己十分满意的住处。

地段好点，装修好点，那就得一万出头。

位置偏点，普通装修的一居室，也要五千。

要不就是跟别人合租，或者是住公寓，一间屋子基本三千可以搞定。

几乎所有来北京的人都会感叹，北京真不是一般人能待住的地方。

我刚来北京的时候，不仅要给自己租房住，还要给公司租办公室办公。

在网上打开一个租房网站，要么房源图片与实物不符，要么一套房子还没看完，就已经被别人抢先一步签了合同，付了定金。

刚开始我不了解行情，在网上看了几套房子，也加了几个中介，结果没有一个手上有我想要的房源，这让我一度觉得非常麻烦。

看了三天的房子，依旧没有看到特别满意的，每天刷新着 App 上新上的房源，再给中介打电话问房子还在不在，已经成了我的习惯。

打到第四天的电话时，接电话的是一个女生，语速很快，问我有什么需求，什么时候有空看房。

这个问题那几天我不知道已经回答了多少遍，早就已经烂熟于心，我特地学着她的语速很快地说完了话，没想到电话那头的她扑哧一笑，回我说："行啊您，声音可真好听。"

觉得我声音好听的人可多了去了，可是这么突然地被一个不是听众的陌生人夸奖，我还是忍不住有些开心。

“这样吧，如果下午您有空的话就给我打电话，我多准备几套房带您一起看，成吗？”

“我下午可能会晚点才有空。”

“没事儿啊，您晚上十点有空我也等您，那咱就这么说定了，回头微信联系。”

说完后她就把电话挂了，弄得我有些措手不及。

不过很快我就收到了她发来的微信消息，是一条语音，跟她在电话里的语速一样快，她应该正在路上走，还有呼呼的风声。

“程先生，您有空记得联系我啊，我一会儿给您发几套现房的照片。”

听完她的语音消息后我只给她回了个“好”便工作去了。直到晚上八点，我正在跟同事一起吃饭，我再次收到了她的微信，这次是一大堆的图片，紧接着她的电话也打了过来。

“程先生抱歉啊，我手上也只有这几套房子还符合您的要求了，您看您今天还有空看房吗？”

我晚上有直播，十点开始，要十一点才能结束，本以为她会说等我有空再约，没想到她却回我说：“那您结束了如果还想看房的话再找我，还是那句话，多晚我都等您。”

我跟同事都感叹，北京的中介都这么拼吗？

虽然后来我们渐渐明白在北京不仅仅是中介拼，在北京的每一个人都很拼，但在当时，我仍旧对她抱着五分的好奇以及五分的佩服。

02

晚上十一点，结束了直播，我给她打电话说我可以看房，电话那头的她显得格外兴奋，问我要了地址，说她马上赶来。

说是马上，一点不假，不过十分钟，我就看到了骑着电动车的她出现在了我的面前，摘下头盔，头发显得有些凌乱，她也不在乎地随便用手扒拉了两下便对我说："是程先生吧，我是置业顾问小陶，走吧，我带您去看房。"

小陶说话的语速跟她在电话里的语速一样快，大概因为工作需要长期在外面奔波，小陶的皮肤有点黑还略显疲惫，不过她的眼睛很大，在十一点北京的街头路灯下显得格外地亮。我不禁好奇，是什么让一个女生这么拼命地忙碌了一天，眼睛里却依旧发着光。

"我们怎么去？"我提出了疑问。

"您坐我的车啊，放心吧，我车技可很好了，您放心坐。"说话间她还指了指她的电动车后座，的确是有个位置，但是能不能坐下我是真的存疑，毕竟那会儿我还是一个货真价实的胖子。

"这……不好吧。"我有些犹豫。

"有什么不好，我天天都是这么带客户看房的，您抓紧坐好，咱们抓紧看，看完了好早点睡觉。"

再冷，也不要和没有真心的人拥抱。

这话我听着有点怪，但小陶显然还没有意识到。

就这样我在小陶连哄带骗之下坐上了她的车，才刚刚坐好，小陶就开了出去，搞得我的头差点就撞上了她的后背，闻到了她的衣服上还有某个牌子的洗衣液的味道，想来她大概是已经下班在家了，又因为我特地出来工作。

北京的晚上比白天要凉快很多，坐在小陶的电动车后座，随着车的启动，会有风吹来，人的心情也被吹得好起来。

“程先生，您什么时候来的北京啊？喜欢北京吗？”

“喜欢啊，不喜欢的话就不会来了。”

“是吧，我也这么觉得。虽然大家都说北京不好，物价高、地铁挤，但我还是不想离开北京，因为只有在这里，我才能有那种不断往前冲的感觉。”

这是小陶第一次跟我说那么多话，语速也不像她平时那么快，突然这么感性，让我觉得她温柔了不少。

03

那天小陶一共带我看了三套房，综合对比我选了一套两居室的房子，在距离公司三公里左右的地方，确定后我付了押金就把房子给定下了。

小陶也没想到我竟然效率这么高，给我写了收据，又在公司的软件上把房子定好以后说是要请我吃夜宵。没有一个胖子可以禁得住夜宵的诱惑，我也不例外。

我们俩没走远，就在我刚租下的小区外面找了一家烧烤店。小陶和老板很熟，一进门就跟老板打了招呼，老板还特地多看了我一眼，然后重新把视线回到小陶身上说："这个不错！"

小陶有些尴尬，赶紧回他说："这是我客户，刚定了房子。"

"又这么晚看房啊！你也忒拼了！"老板说完领着我们俩坐下。

刚落座，小陶就递了菜单过来，笑着对我说："程先生不好意思啊，这老板跟我是熟人，逗我玩呢，你想吃什么尽管点，今天我请客，您甭客气。"

开玩笑，我一大老爷们，怎么能让一个女生请客。就在我低头看菜单的间隙，老板给我们上了两瓶啤酒，还叮嘱小陶要少喝点。

这架势是真的吓到我了，喝酒我成，但是跟一个第一次见面的女中介喝酒，还是有点不太好吧?

"程先生，您刚来北京可能还不知道，北京这地方呢，好虽好，但总有那么一些时候啊，会让人觉得难过，我劝您得学会喝酒，因为喝了酒，睡一觉，第二天就什么都好了。"

说完小陶给我和她自己各倒了一杯啤酒，还没等我反应过来，她已一杯见底。

"小陶，你来北京多久了？"

"我啊，三年了吧。"

"那你做中介多久了？"

“快两年了。”

“那你做中介之前，是干什么的？”

“嘿嘿，程先生您可能不信，我以前是当会计的，我也是念过大学的，虽然上的是大专。”

“那为什么后来做中介了？”

“会计的工资实在是太低了，要说在我们老家还成，但是在北京，真的不行。”

“那你为什么要来北京呢？”

“因为，我喜欢的人，在北京啊。”

04

小陶喜欢的人是她大学时的学长，学长大学时是学校的学生会主席，不仅长得阳光帅气，球也踢得很好，且待人热情，在学校里喜欢他的女生很多，小陶只是其中一个。

在学校的时候学长有一个青梅竹马的女朋友，两人异地，女生偶尔会来学校看他。几次过后，大家也就知道了，学长不可觊觎，小陶也是一样，只能把对学长的喜欢默默地压在心底。

“你喜欢他什么？帅？”我问小陶。

“帅只是让我注意到了他，还不足以让我喜欢他，我真正喜欢他的，是他不管做什么都很自信，这样的他，是我永远都不能成为的

样子。”

小陶在一个普通的家庭长大，爸妈都是普通的工人，也没有对她的以后有多高的期待，只希望她能平安健康快乐地长大就好。

偏偏小陶不喜欢这种普通。当耀眼的学长出现时，她对他的欣赏与喜欢再也藏不住了。

她开始无时无刻不在关注他，本来只知道梅西的她开始疯狂地恶补足球，也知道了学长的偶像是 C 罗，梅西的“死对头”。

她知道她做这一切可能意义不大，但是她不喜欢如果有一天她真的可以靠近他的时候，连一个可以聊的话题都没有。

不得不说，小陶的运气不错，学长大三的那年，他青梅竹马的女朋友再也没有出现在他们的学校，学长整个人瘦了一大圈，任谁都看得出来，他失恋了，至于失恋的原因，至今不详。

专科只读三年，学长即将毕业，在小陶的多番打听之下，她知道了学长要去一家园林公司做预决算的工作。

05

毕业就像一场聚会的尾声，有人哭，有人笑，有人道别，有人已经在计划着再见。

学生会组织了一场聚餐，祝贺这位曾经叱咤过校园的主席离校，小陶伤感地出席。每个人都来给学长敬酒，见他一杯一杯地喝，仿佛是要给自己一个喝醉的理由，小陶放在口袋里的手，暗暗握紧了提前备好的解酒药，等待着时机拿给他。

啤酒喝多了胀肚子，学长终于撑不住了要去洗手间，小陶见状立马跟上。在男厕所门口听到一阵水声响起，小陶的脑袋中浮现了某个场景，瞬间脸红，在心里骂了自己一句不正经。

学长释放完出来后顺便还洗了把脸，帅气又恢复了些，出来后他看到有个女生靠在男厕所的门口，还以为自己走错了洗手间，赶紧抬起头看看门头标牌，确认自己没有走错后才敢出声说："同学，你是不是也喝多了？女厕所在另一个方向。"

小陶听了以后明白了他的误会，赶紧摆摆手说："我不是要上厕所，我是在等你。"

学长有点蒙，这时候小陶赶紧把解酒药从口袋里拿出来塞到学长的手里，然后说："这是解酒药，你吃了吧。"

说完后小陶转身就走了，留下学长在原地，还以为自己是在做梦。

那天学长还是喝醉了，抱着啤酒瓶子大唱"哦嘞，哦嘞哦，哦嘞哦"。

在别人眼里他是失态，但是在小陶的眼里，他就是可爱。

学长顺利毕业，从此校园里再也没有他踢球的身影，小陶也再也没有去过球场。本来这场暗恋也该戛然而止，谁知道一年过后，学长和公司的人事一起去学校招聘，时隔一年再见他，小陶的心依旧扑腾扑腾地跳个不停。

"他比在学校的时候白了一点，也长肉了，穿着衬衫、打着领带，显得格外精神。”

小陶在跟我描述再次见到学长时的样子，简直就是一个思春少女，面若桃花，语气温柔。

几乎没有经过任何考虑，小陶就走到了学长公司的摊位上，递上简历，填表，确认面试时间，一气呵成。

待这些事情做完，学长抬起头看了她一眼，突然笑了起来说：“是你啊，去年毕业时是不是你给我的解酒药？”

小陶听了以后心跳得更快了，她怎么也没想到学长还能记得自己，这对于她来说是一种莫大的安慰。

见小陶点头，学长接着说：“我们加一下微信吧，到时候去面试有任何问题你都可以问我。”

小陶又怎会傻到错过这么一个大好的机会，赶紧扫了他的微信二维码，然后火速撤离现场，她真的担心再多待一分钟，她的心就会从她的嘴巴里跳出来。

令小陶没想到的是，当晚学长就给小陶发来了微信，告诉她该怎么坐车到公司，又叮嘱她一定要把自己相关专业的证书给带上，细心如他，甚至还提醒小陶记得化个淡妆。

小陶抱着手机在宿舍傻笑了很久，才给学长回复了一个“好”字。

06

托学长的福，小陶的面试很顺利，他们俩成了同事。

学长听说她已经顺利通过了面试，除了给她发了一句“恭喜”，还发了一句“等你正式入职的时候，我请你吃饭”。

得到了来自喜欢的人的邀约，这种感觉，跟中双色球差不多。

别的同学都在为了即将毕业而伤感，只有小陶每天都在倒计时，等待学校发完毕业证书，她好尽快去公司入职。

等待的日子里小陶已经在公司附近租好了房子，开始把自己的行李慢慢地搬进去。

毕业典礼一结束，小陶便拿着毕业证书立即去公司办理了入职。

她正寻思着该如何跟学长说自己已经入职了，学长就打来了电话说是听人事说她已经来上班了，问她在哪儿。

两个人约好中午一起去公司楼下的一家饭店吃午饭，学长先一步到，已经占好了位置玩着手机在等她。

那天小陶吃了一份鸭肉炒饭，学长要了一份拉面。

为什么他吃面都可以不发出声音？

带着这样的新发现，小陶与学长的关系开始逐渐熟络。

但是这种熟络也仅限于偶尔一起吃午餐，学长也会跟她抱怨自己的工作压力有多大，不过是差一块钱，就丢掉了一个大标，搞得整个部门都很压抑。

除此之外，两人的关系没有任何的进展，但是对于小陶来说，她已经很满足了，毕竟当初她连靠近他的机会都没有。

就这样过了大半年，突然有一天小陶听说有个做预算的同事跟领导吵起来了，领导被气得要开除他，小陶听到后心里咯噔了一下。

小陶本想发个微信给他探探情况，没想到学长却先给她发了微信。

“我不干了！屁大点的公司事还挺多！”

“什么情况？”

“我们丢了一个标，领导要求我们组每个人罚一千块钱！我们中标的时候啥都没有，这一罚就要罚一千，我们一个月工资才多少，我实在气不过！”

小陶也不是第一次听他吐槽领导了，也明白他大概是实在忍不下去了才有了这一次的爆发。

学长的离职手续办得很快，他离开公司的那天小陶给他发消息说：“我来的时候你请我吃饭了，今天让我请你吃一顿饭吧。”

学长过了很久才回：“晚上一起夜宵。”

北方人爱撸串，啤酒加烧烤就是最好的解忧良药，小陶跟学长约在他们学校附近的一家店，这一次小陶先到。

学长没来之前，小陶一直在想她接下来要怎么办，以前她努力工作的动力是他，现在他要走了，那接下来她要怎么办。

没等她想得太多，学长便来了，刚坐下学长就开始感叹：“还是在学校好啊，无忧无虑的。”

“可是我们谁都没有办法一直待在学校里，有些事情是逃不掉的。”

学长明白小陶的意思，喝了口杯子里的水便不再说话。

“接下来打算怎么办？”

“我想去北京。”

“北京？”

“嗯，我已经跟我的家人商量过了，反正还年轻，多的是机会，我先去闯闯，不然我不甘心。”

说完这句话以后，学长一直在往门外的方向看，虽然不知道他在看什么，但是他的眼神告诉小陶，曾经那个自信的他又回来了，于是她做了这辈子最勇敢的事，跟学长说：“我想跟你一起去。”

07

小陶与学长两个人的北漂路就此开始，到了一座陌生的城市，能有一个认识的人在，这个人只要不是仇人，都能成为亲人。

他们俩与大多数刚来北京时的年轻人一样，满身的能量，却一次又一次地被现实击垮。

小陶在一家很小的公司继续做会计，月薪四千五，房租两千五，吃饭及交通两千，在北京勉强可以解决温饱。

学长的工作就没那么顺利了，他有两年的工作经验，但是到了北京，一切都将从头开始。他是一个那么骄傲自信的人，一旦碰壁，就会产生自我怀疑。

刚开始的时候，他还会主动和小陶说起自己在工作上遇到的困难，但是不管怎么说，到了最后他都会加一句“我可以”。

然而一个月、两个月以后，他变得沉默寡言，经常一回出租屋就关上门，不再跟小陶说任何话。

与学长不同，他来北京是不甘心，而她只是为了他。所以学长变成这样一副模样，小陶心里同样很是难受。

通常击垮一个男人的并不是现实的残酷，而是他的自尊心，学长便是如此。

来北京的第三个月，学长终于接受了自己需要重新开始的事实，与一家建筑公司签订了一份月薪五千的合同，正式开始上班。

北京这个地方就是这样，大家都说它的包容性大，但同样地，你也会失去很多选择的机会。

五千的工资你嫌少，那么会有一个只要四千五就满足的人来取代你，在这里，没有人可以任性不认命。

08

第三个月对于小陶来说至关重要，她面临试用期转正，然而就在她即将转正之前，公司空降了一位会计，把她完美取代，人事非常温柔地跟小陶解释经过公司领导统一开会决定，她不适合他们公司。

于是学长刚开始工作，她又成了失业的那个。

从公司出来，小陶有满心的委屈想要大声地哭一场，可是当她看到来往的人全都行色匆匆的时候，她才意识到自己没有委屈的时间。

回家的路上，小陶路过一家房屋租赁公司，门口的海报上写着招贤纳士，没经太多考虑，小陶便走了进去。

出来以后，小陶便成了一名房产经纪人，简称中介。

换工作的事，小陶回家后没有告诉学长，学长晚上经常加班，也没有发现小陶开始回去得越来越晚。

作为一个新手中介，小陶需要学习的地方还有很多，尤其是与人打交道这一块。她并不是一个擅长沟通的人，所以为了能够让客户信任自己，她能做的就是只要客户需要，不管多晚她都可以带客户去看房。

为了方便，她还去二手市场买了一辆电动车，换上新的电瓶，够她在外面跑大半天。

做中介的第一年，小陶的月收入已经稳定在了八千左右，学长依旧不知道她已经转行，也不知道她喜欢他。

有好多次，她都想告诉他，但是一看到他每天都要加班到深夜十一二点才回来，拖着疲惫的身体一进门连说话的力气都没有，她就什么都不想说了。

小陶经常会一个人去吃夜宵，就是她带我去的那家店，老板跟小陶是老乡，是他跟小陶说，实在累了就喝点酒，喝完回去睡觉，第二天醒来就什么都忘了。

09

小陶做中介的第二年，学长终于迎来了第一次升职加薪，开心得要请她吃饭。

他开心的时候眼睛里发着光，小陶在光里一步步地沉沦。

小陶第一次带学长去她常去的那家店，老板见到后忍不住冷哼了一声，说：“就他啊，我看很一般。”

学长一头雾水，小陶赶紧转移话题问他想吃什么。

学长是真的开心，说：“吃什么你来看，我要喝酒！我今天一定要好好喝一顿！”

那天小陶和学长都喝了不少，在两个人走回家的路上，学长的脚步很慢很慢，快到家的时候学长突然停下来，对小陶说：“你说，我们俩如果就这样过一辈子，是不是也挺好的？”

听了这句话的小陶心跳立马加速，她不知道学长说的挺好的，是因为逐渐稳定的工作，还是因为她。

但她还是应了一句：“是啊，挺好的。”说完后她听到了走在前面的学长笑出了声。

“那你们现在在恋爱吗？”我问。

“不算吧，毕竟，在那以后他再也没有提过这事儿，我呢，也不敢问。”小陶笑着摇摇头，脸上带着几分无奈。

“但这一切，都是我心甘情愿的。从我暗恋他那天开始，我就做好了他永远都不知道的准备，没关系，我现在很好。”

10

爱情是勇敢者的游戏，可是胆小的人该怎么办呢？

小陶向来胆小，她只敢躲在角落偷偷地仰望着自己心爱的人。他登上高峰时，她及时祝贺；他低入尘埃时，她蹲下陪伴。

她从来不敢打破这场平静的暗恋，因为她害怕，她一开口就输了，而只要不说，或许她还有赢的机会。

她做过最勇敢的事，就是跟着学长一起来北京。

我不知道他们以后会不会在一起，但无论如何，我都希望她这辈子仅有的一次勇敢，不会留遗憾。

你知道我在等你分手吗？

先来的人或许也是先错过的人。

01

“玩一局？”

二〇一八年大熊的婚礼前夜，一个电话把我从北京喊回郑州去参加他的单身派对。

我从北京赶过去，是所有人里到得最晚的。等我到 KTV 的时候，他们已经喝得差不多了，大熊大概是人逢喜事精神爽，冲着服务员又要了一打啤酒，非要拉着我们玩一局。

他说的玩一局很简单，就是大家把手机号码都发在朋友圈里，谁的手机先响，谁就喝酒。

对于如此没有技术含量的游戏我的参与热情几乎为零，但是大熊怎么说都不放过我。

我硬着头皮发完朋友圈以后心里总觉得不踏实，没想到不过一分钟，我的不安就被印证了。

听到我的手机铃声响起来，大熊带头起哄给我的杯子里倒了满满的一杯酒，然后说："难怪你不想玩游戏！"

很快就进入了下一局的游戏，让我没想到的是，我的手机再一次响了起来，在一片起哄声中我只能再次端起酒杯，边喝边诅咒给我打电话的人这辈子别想中彩票！

两杯啤酒下肚，我打了一个饱嗝，趁大熊还没反应过来，我赶紧拿回手机，看看到底是谁害得我连喝了两杯酒。

看到屏幕上显示的名字我有些意外，连忙出了包厢给她回电话。

"喂？"小杜接得很快。

"姑奶奶，你是故意的吧？咱都多久没见了，你净想着害我！"

"哎呀，这回真对不住了啊。那什么，你们是在玩游戏吧，他明天结婚，我怕他喝多了，所以就只能委屈你了，不好意思啊。"

竟然还有这种操作！我刚想数落她两句，没想到电话那头的她就说："程一，你帮我看着他一点吧，嗯，也不是帮我吧，反正你看着他点，别让他喝多了。"

我看了眼正在包厢里唱歌，笑得满面春风的大熊，忍不住叹了一口气问："你还好吧？"

电话那头的小杜迟疑了三秒钟后才回答我说："我没事，你们好好玩，我先睡觉了。"

说完后她便挂了电话。

02

二〇一七年的春天，我不知道是哪根筋搭错了，开了一个公司，从一个人“卖声”变成了一群人“卖我的声”。

公司不大，加上我也就四个人，一个“n”“l”不分，一个前鼻音后鼻音不分，还有一个平舌音翘舌音不分。

每次他们帮我谈业务，跟客户说“放心啦，我们很专业”的时候我都忍不住浑身一抖。

大熊就是我的客户之一，算是个小“富二代”，他爸有个做中老年妇女衣服的服装厂，业绩年年攀升，在郑州也算是小有名气了。

据说他妈当年是他们村上唯一上过高中的人，追她的人可以从村头排到村尾，但是他妈就是喜欢小时候带她一起捉泥鳅的邻家哥哥，也就是大熊的爸爸。

当时大熊的爸爸在大熊的奶奶开的裁缝店里打杂，所以大熊的外公自然舍不得让自己的女儿嫁给这样一个平庸之辈，然而女儿坚持要嫁，否则就要断绝父女关系，他实在没辙，只能同意这门亲事。

大熊的爸爸深知人家姑娘对自己的情意，花了一个月的时间，跟在母亲身后又是学剪裁，又是学刺绣，给自己媳妇量身定做了一套嫁衣。

结婚当天，大熊的妈妈穿着火红的嫁衣嫁给了自己想嫁的人，美艳得不可方物，大熊的爸爸当即就在心底下定了决心，以后要给自己的媳妇做更多更好看的衣服。

这一做，就是二十多年，一个裁缝铺，就这样变成了一个服装厂，从农村的瓦房住到市里的别墅，人人都说大熊的妈妈命好，但是大熊的父亲却说，他才是命最好的那个。

大熊作为家里的独生子，从小就有一个伟大的志愿，那就是把他爸的服装厂发扬光大，他还要在郑州开很多家实体店，专门卖他爸服装厂里生产的衣服。

他都想好了，第一年先在郑州开五家店，第二年在河南其他的市开到二十家店，到了第三年，他的店就该开到全国了；如果可以的话，过几年再拓展一下海外市场，成为全球妇女时尚的领军人。

结果他在郑州的五家店没有一家熬过了一年，他爸天天在家骂他不学无术，就知道败家。

大熊找到我是因为听说我是“少女杀手”，仅仅靠声音就可以让“几千万女生叫我老公”，所以他想让我帮他的店录一个跳楼大甩卖的广告，这样说不定他的店还能被救活。

我的同事当时在微信上非常果断地拒绝了他，谁知道他虽然没有什么生意头脑，但是有一颗永不放弃的心，竟然每天打好几通电话过来，说只要我帮他录音，给多少钱都行。

没有人会跟钱过不去，更何况我正需要钱，没能拒绝他的盛情。

于是，在一个月黑风高的夜晚，我结束了当天的节目直播，在大熊的盛情邀约之下，来到了他说的大排档，见到了他。

03

大排档晚上人很多，不大的门面，到处充斥着啤酒与烧烤的味道。我举着手机，躲开了三个横在地上的酒瓶子才在一个四人桌的位置见到了大熊。

大熊长得真的很熊，身高和体重都是一百八，皮肤有点黑，但是很光滑，不对，是目测很光滑。

见我来了，大熊操着一口正宗的河南话十分客气地对我说：“你就是程老师吧？我女朋友老喜欢你了，天天都要听你的广播睡觉，你哪天要是不播了，她就不睡。”

一听说有我的听众，我立马就警惕了起来，毕竟平时我跑活动都戴着面具，没有听众见过我。

我瞥了一眼他旁边的妹子，刚犹豫着要不要先主动跟她打个招呼，毕竟人家是我听众，就见她停下往自己酒杯里倒酒的手，抬起头冲我笑着说：“别误会，他说的不是我。”

“当然不是你，有你啥事，边上去，哥这聊正事呢，你吃你的，别插嘴。”

“呸，说得好像我稀罕似的！”

“哎，你皮又痒了不是！回头让你妈收拾你！”

“你都多大了还告状！丢不丢人啊！”

这两人一来一去的，把我这个拎不清到底什么情况的人弄得倒是有些尴尬，好在大熊及时终止了这场没有硝烟的战争，转头就给我递了一本菜单说："程老师看看想吃啥？先来俩大腰子咋样？你这天天熬夜上班的，得补补肾啊。"

说完后还没等我反应过来，大熊就冲着服务员喊了一句：

"来十个烤腰子！"

吓得我赶紧解释说："不用不用，我肾好，肾好。"

话音刚落，那个女生就往我杯子里倒了杯啤酒，然后说："好也要吃！这家别的不行，烤腰子是真的不错！我都能吃仨！"

看着我面前杯子满了又落下的白色泡沫，我的心里一阵局促，这咋还给我倒上酒了，难道是想把我灌醉，好让我答应帮他录音吗？

大腰子还没来，大熊先双手举起了酒杯对我说："程老师，我先敬您一杯，非常感谢您百忙之中赶来见我一面，这是我大熊的荣幸！您随便喝，我先干为敬了！"

说完后，他一个人咕噜一口就把杯子里的啤酒喝得一滴不剩，甚至还做了一个杯底朝地的动作给我看。那会儿我的酒量还没练起来，但是见他这样我只能硬着头皮也一口喝完了杯子里的酒。

见我也喝得一滴不剩，大熊立马示意旁边的姑娘再给我满上。

姑娘先是看了他一眼，又试探性地跟我对视了一眼，不得不说，她的眼睛是真的好看，睫毛又长又翘，这一看，看得我忍不住恍惚了一下，待我反应过来，杯子里已经又被添满了酒。

"对了，程老师，忘了跟你介绍了，这是我发小，她家住我家隔壁，我爸开服装厂，她爸养小龙虾，我们那村就我们两家创业成功了，你说气人不气人！"

04

大熊的发小叫小杜，作为他们村上两大富商的子女，他们两个人能玩到一起也是能够理解的，但凭借我做情感主播多年的经验，我总觉得他们俩的关系不只是发小那么简单。

在连喝了三杯啤酒后，喝酒上脸的大熊，黝黑的脸上已经开始泛起了红色，这时候大腰子也已经上来了。

在孜然和辣椒的冲击之下，我对大腰子充满了期待。大熊吹了声口哨拿起了一串，本以为他是要递给我，我都做好了伸手去接的动作，没想到一转头那串大腰子就到了小杜的手里。

“看你那满眼放光的德行，我就没见过谁家的女孩像你这样的，吃吧！”

大熊的语气里颇有些不耐烦，但是小杜在接过大腰子以后，笑得眼睛都眯成了月牙，温顺可爱的样子跟刚刚与大熊斗嘴时判若两人。

“程老师，你也吃！肾对于我们男人实在是太重要了！一定要多补补！”

那天我和大熊各吃了两串烤腰子，剩下的六串全都进了小杜一个人的肚子里，我忍不住感叹说：“你的肾是不是特别好？”

大熊听到后笑得前仰后合，说：“程老师，让你笑话啦！这丫头从小就能吃！还不长肉！你说气人不气人！”

气人啊！可是你大晚上把我叫出来说是谈生意，却只吃腰子不聊生意，更气人啊！

大熊的酒量非常差，两瓶啤酒下肚，说话已经开始大舌头了。

“程……程……程老师，今天很开心……能认识你。我从小就调皮……也不懂做生意，我本以为我这次……是在帮家里，没想到……翻车了……你说气人不气人。”

说完后他就趴在桌子上睡着了，留下我和小杜面面相觑。

“你先回去吧，他交给我。”

我有些犹豫。

她又说：“放心吧，这么多年，我都习惯了！”

听她说完这句话的时候，我微微一愣，这次换作是我试探性地看了她一眼，她点点头回我说：“第一次见面就被你看出来了，也不知道他为什么就看不出来。”

05

小杜和大熊的故事简直就是大熊爸妈的翻版，小杜比大熊小三岁，她的童年记忆全部与大熊有关。

冬天他带她去堆雪人，夏天他带她到河边钓小龙虾。

钓小龙虾是个技术活儿，但是这对于大熊来说并不难，他也不知道从哪儿弄了一堆又黑又粗的蚯蚓装在文具盒里，左手拎着竹竿，右手拎着小杜就往河边走。

小杜胆子小，又怕蚯蚓又怕小龙虾，她只敢远远地看着大熊把蚯

蚓摔死，然后挂在钩子上开始钓小龙虾。

有的小龙虾比较精明，大熊还准备了一个网罩，小龙虾出水之前，他就用网罩一把罩住，小龙虾一钓一个准。

就这样在河边一待一下午，大熊左手拎着小龙虾右手拎着小杜往家走。到了晚上，小杜的妈妈下厨，蒜泥小龙虾烧起来，再炒几个菜，两家六个人坐在一起吃饭，气氛十分融洽。

小孩子向来三分钟热度，大熊钓小龙虾的劲头足，但是到了吃小龙虾的时候他就觉得没劲了，所以总是剥好了往小杜碗里扔，这一扔，让小杜对他的依赖越来越强。

小杜上初中的时候，家里开始养起了小龙虾，没有大熊带自己去钓小龙虾了，小杜总觉得夏天少了点什么。

适逢少女豆蔻年华，随着小杜的胸部一起发育的，还有她对大熊的感情。

06

“星座书上说，你会在二十八岁的时候跟你的真命天子结婚！”

小杜的同桌不知道从哪里借来了一本星座书，非要拉着小杜说是要给她算命，那年小杜才十三岁，距离二十八岁还有十五年。

“那也太远了吧，到时候大熊都三十一岁了，得多老啊。”

小杜在心里打着没人知道的算盘，当天晚上回家还做了个梦，梦里她二十八岁，大熊三十一岁，她穿着婚纱对他说“我愿意”，他笑着抱着她说“走，我们回家”。

小杜自从发现了自己对大熊的心意以后，总是会有意无意地避开他，因为只要看他一眼，她的心脏就跳个不停，实在是太刺激了！

大熊也发现这丫头变得有些奇怪，以前是有事没事就往他家跑，现在是在路边看到他都要躲着走。

他笃定她的化学又考二十分了，于是他跑去跟小杜的妈妈暗示了一下，当晚她妈就从她的书包里翻出一张二十分的化学试卷。隔着院子，大熊都听到了小杜的哀号声，他在心里冷哼了一声，谁让你这丫头最近老不理我，搞得我打篮球都没人给我送可乐了。

第二天上学，大熊一出门就看到了走路一瘸一拐的小杜，一想到她这么惨都是他害的，他心里还有那么点过意不去，赶紧把他妈出门前给他塞的包子，分了一个给小杜。

包子是马兰菜馅的，那会儿住在农村的妇女们经常会去摘野菜，马兰菜算是比较好吃的一种，大熊的妈妈喜欢用它包包子，早上蒸好给大熊做早饭吃。

据小杜说，她后来也去北京尝过某某包子，但是一点都比不上大熊妈妈做的马兰菜馅的包子。她说的到底属不属实，我没吃过，就不妄加评论了。

小杜看到大熊把包子分给自己，内心一阵狂喜，狂喜之后又觉得沮丧，为什么这个世界上只有大熊对自己好，一想到这儿，小杜哇的一声就哭了出来。

“你哭啥啊？”

“我难受。”

“你难受啥啊？”

“我爸妈都不疼我，老打我！我怀疑我不是他们亲生的！”

“放屁！你妈生你的时候我还去医院了呢！”

“那也有可能是抱错了。”

“唉，这倒是有可能。”

大熊说完这句话之后，小杜哭得更凶了。

“哭啥哭啊！抱错了又怎样，哪天你爸妈如果不想要你了，你就来我家呗，反正我们一家都喜欢你。”

你们一家，那么也包括你吧，想到这里，小杜立马止住了眼泪，脸颊上还浮现了两朵红晕。

07

二〇〇七年，大熊十八岁生日的那天，他们一家成功地搬进了在郑州的大房子，把他兴奋得整整一个星期都睡不好觉。

大熊还没习惯做富二代，又在农村长大，所以出去上大学时并没有人知道他是一个有家族企业的人。

大一有要求，新生必须住在学校，所以哪怕大熊在郑州上大学，也很少有机会回家看看，更何况是去看小杜了。

小杜在见不到大熊的时光里，每一分每一秒都是煎熬，她期盼着能够早点高中毕业，这样她就可以跟大熊表白，然后在一起过上幸福的生活。

就在小杜发愤读书的时候，小龙虾突然在城市的夜宵档火了起来，小杜家的小龙虾企业迎来了巅峰，小杜的爸爸当机立断也去郑州买了套大房子，跟大熊家同一个小区，两家再一次成了邻居。

小杜回家听说了这事以后激动得不行，立马给大熊发了 QQ 消息过去，大熊显然也很激动，消息回得很快。

“那你们搬家的时候我去帮忙！”

小杜打死也没想到，大熊来帮她家搬家的时候，竟然不是一个人来的，他还带了一个女生来，他说，这是他的女朋友。

小杜本来还沉浸在与大熊重逢的喜悦中，就在这一瞬间，一切坍塌了。

08

大熊的女朋友叫罗思琳，小巧可爱，站在身高一米六八的小杜面前矮了大半个头。

罗思琳是杭州人，从小在江南长大的女生，举手投足间都是温柔。小杜看着她，心里慌乱得不知道要怎么办才好，甚至都没跟人打声招呼就以下楼买饮料的借口跑掉了。

据大熊说，罗思琳是他的学妹，两个人的认识很是俗套，因为选了同一门选修课，那门课的老师从来不点名，大多数学生去几次就不去了，只有他们俩坚持了两个月，依旧风雨无阻，一来二去的，她就成了他的女朋友。

小杜去买饮料的过程中一直冷静不下来，她在努力地分析着罗思琳身上到底有哪些可以吸引到大熊的地方。

眼睛大？她的眼睛也不小。

瘦？她一米六八才一百斤，长腿细腰样样都有。

皮肤白？这个她真没有，毕竟从小就黑。

没错，大熊一定是喜欢白皮肤的姑娘。在确定了自己的猜想以后，小杜开始疯狂地敷起了面膜，这一敷就是五年，她的脸是白了不少，但是一到了罗思琳面前，她就又变成了黑皮肤。

09

我问小杜："你就没想过要表白吗？"

小杜说："我当然想过啊，我想的是等他们分手后我就表白，可是我也不知道为什么他们经常吵架，就是不分手啊！"

竟然还有这样的情侣！我忍不住要心疼小杜五分钟。

大熊和罗思琳的确经常吵架，罗思琳大学毕业后就回了杭州，大熊在他爸的服装厂里帮忙，两个本来天天可以腻在一起的人，突然变成了异地恋，这让两个人都有一些不适应。

不过大熊倒是挺爷们的，没让罗思琳来找过自己一次，他自己倒是几乎每周都会去杭州一趟，为国家的铁路事业做出不少贡献。

大熊异地恋的第一年，生活里突然少了一个一起吃饭的人，他有些不习惯，于是他开始天天出现在小杜的学校，找小杜一起吃饭。

小杜看着坐在自己对面吃着鱼香肉丝盖浇饭的大熊，心里窃喜，觉得只要他们分手，她就一定可以成为大熊的下一任女朋友。

越想她越有精神学习，一不小心就拿到了当年的一等奖学金。

大熊异地恋的第二年，他与罗思琳之间吵架吵得越来越频繁，他不知道哪天就学会了抽烟，小杜看他这样，虽然心疼但又有点开心，觉得他们一定很快就要分手了。

大熊把小杜学校的食堂吃腻了，就开始开车带着小杜出去吃，小杜也不跟他客气，然而没想到一年吃下来，她竟然瘦了五斤，出落得越发水灵。

大熊异地恋的第三年，两个人爆发了一次很厉害的争吵，罗思琳说大熊不学无术，就知道啃老，还不如跟她去杭州找一份工作，两个人在杭州安家。

大熊这人平时虽然脾气很好，但是见不得自己喜欢的人说自己没用，两个人在电话里吵得脸红脖子粗，罗思琳还提了分手。

大熊也在气头上，把小杜喊出来去吃夜宵，一声不吭地喝了一瓶啤酒，然后就倒在了饭桌上，差点把小杜吓死，甚至还叫了 120 把他送到了医院。

小杜以为这次两个人肯定要分手了，她第二天特地拉着室友去买了一条优雅的裙子换上，准备去跟大熊告白，未想到大熊酒醒之后就去杭州挽救了自己的爱情。

小杜站在他家楼下，恍惚得连被蚊子咬了多少口都不知道。

大熊异地恋的第四年，小杜考上了本校的研究生。大熊拿着她的录取通知书看了半天，一直念叨着："你这瓜娃子还挺厉害，不错不错！"

这一年大熊和罗思琳的感情渐渐稳定，两个人都磨平了一些棱角，开始为对方着想，小杜心灰意冷。

大熊异地恋的第五年，我认识了他们，听小杜讲了他们从小到大的故事，我问她："你还要等多久啊？"

她说："谁知道呢？或许我明天就不喜欢他了。"

从那以后我在郑州多了两个朋友以及一个吃腰子的地方，一直到我把公司开到北京之前，我们都还经常一起出来吃夜宵。

10

后来我还是没给大熊录店内促销的音频，因为大熊的女朋友作为一个杭州人，想到了另一个办法，那就是开网店。

她跟大熊一起开了一个专卖中老年妇女服装的网店，衣服自然都是来自大熊爸爸的厂，本来两个人也只是试试看，没想到竟然成功了。

从一起创业到后来生意逐渐好起来，大熊和罗思琳两个人也算是同甘共苦过了。

终于，在罗思琳生日的那一天，大熊神秘兮兮地拉着小杜一起，为他的女朋友策划了一场浪漫又温馨的求婚。

那一天大熊、罗思琳，还有小杜三个人都哭了，他们都是为了自己的爱情哭泣。

求婚仪式结束后，大熊十分激动地告诉我他要结婚了，我连说了几句恭喜，然后试探着给小杜发了条消息，她只回了我一句话：“没关系，我很好。”

大熊的婚礼，小杜没来。

他牵着罗思琳的手走到我面前，跟罗思琳说：“我就说程一今天会来，我没骗你吧。”

这是我第一次见到罗思琳，她有些害羞，我也有点不好意思，只能跟她开玩笑说：“以后你还会听着我的声音睡觉吗？”

罗思琳还没说话，一旁的大熊就站不住了，忙出来打断说：“这是我媳妇，以后我来哄她睡觉，你给我边上去！”

见他这么说我赶紧点头说好，随即端起酒杯祝他们新婚快乐。

整场婚礼气氛温馨又感人，两个爱情长跑了八年的人终于修成正果，值得所有人祝福。

听大熊说小杜是因为刚开始上班，领导让她出差她不好拒绝所以才没来。大熊永远不会知道，有一个人站在有他的阴影里爱了他多久。

不过他不知道也好，于他、于小杜、于罗思琳，这算不上是最好的安排，却是最合理的安排。

毕竟这就是爱情，先来的人或许也是先错过的人。

伤心烧烤

你的酒窝没有酒，
我却醉得像条狗。

01

我特别喜欢北方的夏天，白天无论太阳有多大，温度有多高，一阵风刮过来，缠绕在心头的焦躁也会随之飘走。

而到了晚上，不管是十点、十二点，还是凌晨两点，那些开在路边的烧烤店，灯火通明，香气撩人，总能把人的自制力击垮。

找一张桌子坐下来，随便点上几份烤串，再来一瓶啤酒，什么烦恼都会被冲淡。

伤心烧烤，是我在去年夏天去得最频繁的一家烧烤店，最开始的确是冲着名字去的，伤心烧烤，你听听，到底得多伤心，才会给自己的店取这样的名字啊。

伤心烧烤的店面很小，开在某不知名大学附近，店里只有四张桌子，所有的椅子、餐具只有一个颜色——绿色。

工作人员只有四名，一个厨师、一个服务员、一个负责洗碗的阿姨，还有一个既可兼任厨师也可兼任服务员和洗碗工的老板，我们都喊他胖子。

胖子其实不胖，甚至还有些偏瘦，但听说他在开这家店之前很胖，一米七五的个头，体重直逼一百八。

第一次去店里吃烧烤我差点被胖子给气死，那天他们店里四张桌子都坐满了，再想留下来吃烧烤，就必须坐到外面去。

我喊了好几声“老板，可以帮我们摆一下桌子吗？”但是没有一个人理我，我以为他是没听见，没想到他压根儿就是懒得不想动，坐在收银台一声不吭。

“这老板不会是个哑巴吧？”跟我一起来的朋友问。

“你说谁是哑巴呢？”胖子这回倒是吭声了，所以说来说去他这人还是欠骂。

“没看到店里忙嘛！自己动手搬去！我去厨房给你们烤串！”说完这句话后胖子就转身往厨房走去，留下我和朋友面面相觑，最后只能自己动手去搬桌子。

胖子虽然人懒，但是烤串的技术还真不赖，羊肉串滋滋流油，羊蛋外酥里嫩，味道也很不错，咸鲜可口，唯一的缺点就是，太！辣！了！

我爱吃辣，但为了保护喉咙所以只能吃微辣口味，但是胖子的烤串把我辣得眼泪差点掉出来，我猛灌了两大口水才勉强让辣劲过去。

我这才明白了，难怪这叫伤心烧烤，可不是嘛，都把人给吃哭了！

朋友也是一样，才吃了两串就被辣得脑门直冒汗，这谁扛得住啊？我们俩赶紧把胖子喊回来让他少放点辣椒，并且又点了几瓶饮料。

即使生活里有无数个难以坚持的瞬间，
但只要你还在，我就有了坚持下去的理由。

起初胖子是不乐意的，说他们店的配方都是固定的，吃不了就算了，后来见我开口说话的声音有点变了，才磨磨叽叽地跑回厨房重新给我们上了一份烤串。

这回味道是正常了，趁他来送饮料的间隙，我赶紧对他表示了一下感谢，胖子依旧没有说话，但我知道他收到了我的谢谢。

大概十分钟后，胖子也不知道从哪儿摸了把椅子在我旁边坐下，问我说："兄弟，对不住啊，今天是我失恋三周年的纪念日，我心情不太好。"

作为一个情感节目主持人，安慰一个失恋的人真的不算什么，但是要安慰一个失恋三年了，还要过纪念日的大老爷们，那就略微有些难度了。

胖子见我没说话，兀自点了根烟吸了一口对着天吐了一个漂亮的烟圈。

"看到我这店没，是不是很绿啊？不过再绿也没有她给我戴的帽子绿！"

02

胖子的前女友叫阿曼，是胖子的直系学姐，比他大一届。但是胖子高三复读了一年，所以两个人不算有年龄差。

也是因为比大多数的大一新生多读了一次高三，所以上了大学的胖子就像脱缰的烈马一样，任谁都拉不住。

“我要谈恋爱，一定要谈一场轰轰烈烈的恋爱！”

这句话在胖子口中出现的频率就跟“我要吃饭”一样高，室友们从刚开始还会调侃他几句，到后来习惯了就当没听见一样，不过用了一个月。

一个月够发生很多事情：大一新生军训结束，养成一个习惯，以及，爱上一个人。

胖子遇见阿曼的那天，他刚结束军训，穿着闷热的迷彩服跟同学一起往食堂走。新学年开始，学校的各大学生会和社团部门忙着招新，在食堂门口摆起了各种摊点，阿曼那天坐在食堂门口帮前来报名的学弟学妹登记，胖子一眼就看到了笑起来露出两个酒窝的她。

“那个学姐不错，我要去报她的社团！”

室友们还没反应过来就看到胖子已经走到了阿曼所在的社团报名点，开始跟她攀谈了起来。

“学姐，我能进你们社团吗？”

“嗯，当然可以呀，不过你确定你要来吗？”

“我太确定了！我一定要来！”在阿曼那里得到了肯定的回答后，胖子狂点头来表达自己想要加入他们社团的决心。

留下了姓名和联系方式以后，胖子笑得跟个傻子似的跟阿曼告别。

“谢谢学姐，有活动了记得喊我哦！”

说完后胖子就跟着室友一起进了食堂，看得出胖子的心情很好，平时只吃两碗饭的他，那天吃了三碗。

军训结束后，其他室友都瘦了一圈，只有胖子依旧保持着一百七十九斤的体重，除了被晒黑了点，在头上贴个月亮就能扮演包拯去办案，其他没有一点变化。

胖子住的那栋寝室楼就在学校的洗澡堂边上，是每一个要去洗澡的学生的必经之路。胖子住在一楼，他经常跟室友一起站在阳台上，看似是在聊天，其实是在看来来往往的女生。

那些刚洗完澡从浴室出来的女生，头发半干，白净的脸上不带任何妆，最真实也最好看，对于男生们来说，简直就是一种致命的诱惑。

有一天，胖子正在阳台上跟室友讨论着刚过去的一个长发妹子的头发也太长了的时候，他的手机突然响了一声，提示他有短信进来。

“同学你好，非常感谢你在我校众多优秀的社团中选择了我们插花社，请你于明天下午四点准时参加本社的第一次活动……”

插花社？胖子有点蒙，那天他光顾着看阿曼了，压根儿没注意到她竟然是插花社的社长，难怪当时阿曼要问他是不是确定要去。

到了第二天，思索再三，胖子还是决定去参加社团活动。不出他所料，一个社团，只有他一个人是男生。

阿曼见他来了很是开心，主动过来跟他打招呼说：“我还以为你不会来了呢。”

“我怎么会不来呢！我可想学插花了！”

胖子说完后就后悔了，不过阿曼见他这么说倒是很开心，笑起来又露出了两个酒窝。胖子第一次体会到什么叫你的酒窝没有酒，我却醉得像条狗。

03

从此胖子“我要谈恋爱”的宣言变成了“我要跟阿曼谈恋爱”。

口号喊得这么响亮，实践起来却并不容易。

除了每周按时参加社团活动，胖子就再也没有别的什么机会能够与阿曼相处了。

室友都说胖子变了，以前他会带着他们一起讨论路过的妹子哪个身材好，现在他只会死等着看阿曼啥时候去洗澡。

不过胖子是真㞞，哪怕他每天都在盘算着如何与阿曼“偶遇”，但是从来都不敢把计划落实到行动上。

直到有一天，阿曼洗完澡跟同学一起有说有笑地经过胖子宿舍的阳台，当时阿曼身后有两个男生一直在冲着她指指点点，但是阿曼显然没有意识到。

胖子眼尖，一眼就看到了穿着牛仔短裤的阿曼，腿上有一块血迹，胖子立刻就明白了那两个男生在笑什么，于是立即叫住了阿曼。

“学姐！这儿！”

据阿曼后来说，当时自己可能并没有那么丢人，但是由于被胖子叫住，搞得身边一群人都把视线聚集到了她的身上。

见阿曼停下来并看到了自己，胖子赶紧冲回寝室从衣柜里拿了一件外套丢给她。

“刚洗的！你穿上！”

阿曼还没意识到胖子丢外套给自己的原因，好在与她同行的姑娘机灵，立马把外套拿过来并往她的腰上系，顺便在她的耳边不知道说了什么。

阿曼听了以后脸瞬间红了起来，手忙脚乱地把衣服整理好，然后冲胖子点点头就匆匆离开了，留下胖子在阳台上回味着她脸红的片刻。

怎么可以这么好看，越看越让人心动。

她穿着自己的衣服怎么可以这么可爱，越看越让人把持不住。

没过多久，胖子就收到了阿曼道谢的短信，这次胖子是真开窍了，跑去超市买了红糖，又去打了热水出现在了阿曼的宿舍楼下。

阿曼十分感动，胖子也看到了十分的希望。

04

从那以后，有阿曼的地方就一定有胖子的身影。

阿曼胃不是很好，要少食多餐，特别容易饿，包里经常带着很多小零食。

胖子知道后一到饭点就给她送饭，让她少吃零食多吃饭，说零食吃多了对胃也不好。

慢慢地，阿曼也对这个细心体贴的男生有了好感，只要胖子告白，她就一定会点头。

终于，在圣诞节的时候，胖子不知道从哪儿弄来了一套圣诞老人的衣服穿在身上，跑去阿曼的宿舍楼下等她，说是给她一个惊喜。

对于阿曼来说，惊是有的，喜是没看出来，不过丢人倒是真的。

来往经过的学生谁看到胖子都会多看一眼，拿出手机拍个照，当天胖子火遍了学校贴吧。阿曼虽然觉得有些丢人，但无奈还是被胖子的真诚打动，成了圣诞老人，哦不，胖子的女朋友。

谈了恋爱的两个人，感情飞速升温，每天都有说不完的话。

只要阿曼一说饿了，胖子就能立刻出现在她的宿舍楼下带她去吃东西。阿曼特别喜欢吃烧烤，一到晚上就馋得不行，胖子担心她的胃，不敢让她多吃，不管阿曼怎么撒娇，一个星期都只会带她去吃那么一次。

每次看到阿曼眯着眼睛吃羊肉串的表情，胖子都要感叹，原来女神也有这么接地气的时候啊。

这个时候通常他会得到阿曼的一记白眼。

胖子和阿曼在一起后给阿曼过第一个生日时，一大早胖子神秘兮兮地给阿曼打电话说要带她去一个地方，但是不管阿曼怎么问，胖子就是不说去哪儿，说到了就知道了。

两个人坐了足足两个小时的车才到了胖子说的地方，是一个公园，地理位置十分偏僻。阿曼怎么也想不通胖子带自己来这儿干吗，嘟着嘴抱怨说：“我们学校附近也有公园啊，为什么要来郊区啊？”

胖子什么都没说，牵着阿曼的手往里走，直到看到烧烤架，阿曼才明白，原来胖子是要带自己来 BBQ（户外烧烤）！

看到阿曼满眼的兴奋，胖子也开心极了，点火引炭开烤，一气呵成，把阿曼看得眼珠子差点给瞪出来，她没想到原来自己的男朋友竟

然还有这项技能。

羊肉串在烧烤架上来回翻滚，撒上孜然和辣椒，喷香的味道袭来，阿曼在旁边口水直流，一直问胖子好了没，还有多久才能吃。

胖子把烤好的羊肉串递给阿曼还不忘了嘱咐她烫，要慢点吃。

阿曼哪里等得及，一口咬下去，鲜嫩的羊肉在嘴里爆汁，嚼劲十足，好吃得让她直竖大拇指。

胖子负责烤，阿曼负责吃和夸他，这个生日，阿曼过得开心又满足。吃完后两个人躺在公园的草地上，阿曼枕着胖子胖而有力的胳膊，跟他讲她小时候的事情。

讲着讲着，阿曼就睡着了，胖子看到她在自己怀里的样子，心里柔软得一塌糊涂。

05

“我要开一家烧烤店！”

胖子再一次换了口号，在宿舍里天天喊。一有空他就开始研究各种开店的需求，以及各大烧烤店的加盟方式。

室友们都说胖子实在是太伟大了，堂堂大学生为了爱情，不想将自己的专业所学发扬光大，只想着做烧烤店的老板。

从此只要一有空，大家就开始帮胖子出谋划策，给他的烧烤店取名。

名字取了很多，什么“胖子烧烤”“阿曼的烧烤”，就是没有“伤心烧烤”。

当时大家都坚信胖子一定会成为烧烤店的老板，而阿曼会做他的老板娘。

胖子比所有人都期待着早点毕业，这样他就能去实现自己的人生目标，娶阿曼和给阿曼烤串。

当然这些计划，胖子都没跟阿曼提起过，就像当初的圣诞老人一样，胖子以为当阿曼看到自己的烧烤店时，一定会非常感动以及惊喜。

胖子大三的时候，阿曼先他一年毕业，进入了一个外贸公司做会计，工作倒不是很复杂，但是经常要加班，胖子习惯了以前在学校时跟她想见就能见的日子，突然这样还有些不习惯。

很多时候好不容易阿曼不加班了，她也说累，不想出门，胖子也心疼她，觉得她那么辛苦，不想跟他约会他也可以理解。

那个时候胖子还意识不到，当一对情侣，明明在同一个城市却见不到面，是一个多么严重的问题。

他一心盘算着要如何捣鼓自己的烧烤店，却给了别人乘虚而入的机会。

阿曼所在公司有一个商务经理，三十岁，未婚，是很多女同事议论的对象，阿曼平时免不了也要多看他两眼。

不得不说，的确很帅，至少比胖子帅多了。

一想到胖子，阿曼心里就有些失落，虽然他对自己很好，但是跟他在一起，阿曼总觉得缺了点什么，以前在学校她没有表达出来，自从上班后，她有了工作忙这个借口，自然也就减少了与他的见面。

当商务经理第一次约阿曼的时候，她不知道为什么，心里竟然有一丝雀跃，她全然已经忘记了自己是有男朋友的人，在家里对着镜子选了好久的衣服，化了精致的妆才出门。

如果说当初胖子能够在人群中一眼就看到阿曼，并且走近她是他的命中注定，那么阿曼爱上商务经理也同样如此。

那天他穿着一件休闲款的衬衫，随意卷着衣袖站在楼下等阿曼，阿曼每往前走一步就能听见自己的心在说："完了，你真的完了。"

两个人去吃了日料，气氛非常融洽。晚上他送她回家的时候，阿曼刚准备跟他告别，他一把拉住了阿曼，在她的额头上印了一个吻，阿曼也没想到这一切发生得竟然这么突然。

让她更没想到的是，在她身后的不远处，还有一个打她电话没打通，于是风风火火跑来的胖子。

那一刻胖子的世界，天崩地裂。

他本来想找阿曼要一个解释，然而当他看到阿曼害羞的表情时，只想赶紧离开。

胖子像疯了一样用尽全力在马路上奔跑，一路跑回学校，十一公里的路程，他没有停下来休息过。一进宿舍，胖子就一阵恶心，跑进卫生间把晚饭吐得一干二净，然后开始吐胆汁。

那种苦，胖子这辈子都不想再回味第二次。

06

整整一个月，胖子一吃饭就想吐，这一吐，吐掉了三十斤，胖子变成了一个瘦子。

而阿曼，刚开始还会打电话过来，到了后来，给胖子留下了一句“对不起，希望你可以原谅我”就再也没有出现过。

胖子躺在床上仔细地回忆着从他喜欢上阿曼到最后连一句分手的话都没有就被甩，怎么好像从头到尾就像是一个屁，最先爽的人是自己，最先被恶心到的人也是自己。

可是屁放过了也就过去了，怎么到了他这里，就这么过不去呢？

很快轮到了胖子毕业，他的室友都陆续收到了录用信，只有曾经沉迷于开烧烤店的胖子收到了中介的短信，问他房子还租不租，店还开不开。

“开！一定要开！”

胖子没多加考虑就做了这个决定，从设计到装修，全部由胖子自己一人完成，大夏天的他跑了很多部门，才把开店的各种许可证办齐。

等到伤心烧烤正式营业的那天，胖子已经瘦到了只有一百二十五斤。

别人问他：“你已经成瘦子了，我们还要叫你胖子吗？”

胖子说：“叫吧，或许有一天她会知道呢，有个胖子因为她很伤心。”

胖子的店就开在阿曼住的小区对面，但是阿曼一次都没有来过，据说是因为她新交的男朋友觉得这种路边摊脏不让她吃，所以她就不吃了。

胖子听说后，说不清到底是什么滋味。

曾经看《春娇与志明》，春娇和志明刚认识的时候，志明问春娇为什么抽烟。

春娇说："我曾经偶然碰到了一个喜欢的男生，他爱抽烟，为了能够与他接近，我也开始抽烟，还跟他抽同一个牌子，只为了有一天可以跟他说得上话。没想到等到这一天真的来临时，他已经不抽烟了，问他为什么，他说他喜欢上了一个女生，不喜欢他抽烟，所以他就戒了。"

爱情就像是一条食物链，春娇和胖子都是食物链底端的人。

胖子说得没错，有的爱情就像是放屁，最先爽的人是自己，最先被恶心到的人也是自己。

我也不知道胖子还要过几个纪念日才能把这个屁给忘了，希望不用多久，伤心烧烤只卖烧烤，没有伤心。

前任合租记

爱情就是这样，
并非努力就一定可以。

小强来电话说他和丁丁分手了，问我有没有空出来陪他喝个酒。

当时我正在跟朋友一起吃饭，只能暂且拒绝他，让他独自消化一会儿痛苦。

为了赔罪，我特地多问了他一句打算什么时候搬家，如果需要帮忙的话，提前说一声，我保证立马就到。

没想到小强回复我说：“为什么要搬家？我找不到比丁丁更好的室友了。”

小强的这句回复的确把我弄得有点蒙：分手不分家？这种操作，我还真没见过。

但是碍于还有朋友在，我也不好多问什么，小强也嫌我这边太吵，不愿意跟我再多说下去，只说让我有空给他打个电话，我赶紧应了声好，然后挂掉了电话。

01

小强是我在大学毕业后的第一个合租室友，我大学刚毕业的日子，是我这辈子最穷的时光。

实习工资八百块钱，租房至少得五百块钱，那么这就意味着我只剩下三百块钱可以拿来吃饭。

无奈我又是一个自尊心极强的人，哪怕真的到了吃馒头就咸菜的境地，我也不想再伸手找家里要一分钱。

因为我潜意识里觉得自己已经是一个大人了，而作为一个大人，首先就要学会养活自己。

我跑了好几个小区，看了很多条招租信息，才咬咬牙把五百块钱给花了出去。

也是在这五百块钱花掉以后，我认识了小强，一个对生活品质要求极高的男生，据说在我之前，他已经赶走了四个室友。

大概也是因为他对室友的要求太高，一直找不到合适的，所以才把房租压得这么低。

小强给我的第一印象是他超爱做饭，我从来没见过比他更爱做饭的男生。我搬进出租屋的第一天，一进门就看到了小强围着一件粉红色的围裙在厨房里煮咖喱饭，那味道，我至今难忘。

然而小强煮饭煮得过分忘我，压根儿没注意我已经拎包入住，正在我纠结着要怎么跟他打个招呼的时候，他端着咖喱饭从厨房里走了出来，与我正好对视。

我先看了他一眼，又看了他的咖喱饭一眼，才开口说：“你好，我是程一。”

小强点点头，放下了手中的咖喱饭，又钻进了厨房捣鼓了几分钟，然后端着另一碗咖喱饭对我说：“不好意思啊，不知道你今天要来，这个月工资还没发，这个你先将就着。”

我当时心想，我这个室友人真好，第一次见面就要请我吃饭，而且是在他工资还没发、没钱的情况下。

小强说的将就是因为他的咖喱饭里没有一块肉，只有米饭和土豆，但是这也耐不住他煮的咖喱饭好吃，就这样，我们俩开着电风扇，有一搭没一搭地聊着天，一会儿就把饭吃得精光，一粒米都不剩。

小强对我的要求也很简单，只要我能在该睡觉的时候睡觉，并保持卫生就行了。

我寻思着这也不难做到吧，也不知道他之前的室友是怎么被他赶走的。

在我那段贫穷的岁月里，因为跟小强做了室友，我每天都过得十分滋润满足，不要误会，主要是因为小强每天都做饭，我们俩一起出钱买菜，比吃外卖省钱多了，我一个月仅剩三百元的工资刚好负担得起。

两个大老爷们的合租生活是寡淡又无聊的，我跟小强平时最常去的地方就是菜市场，跟在小强的身后，我也学会了买完菜要找人要一棵葱。

那会儿我们俩吃完饭经常会去附近的大学操场上溜达，经常会看到一些来操场上跑步的女生，小强假装在做拉伸锻炼，但眼睛总在乱瞄。

我调侃他说："你做二房东这么久，有没有遇到让你心动的女室友？"

小强皱了下眉头，回我："程一，你好色情。"

嗯？我怎么就色情了？

我与小强的合租时间维持了没多久，就有另一个单位开出了一千六百块的工资让我去上班。我跟小强告别的时候，这家伙带着哭腔对我说："没有你我该怎么办？"

听得我全身都在起鸡皮疙瘩，以为他是爱上了我，难怪在我问他有没有遇到心动的女室友时他一副嫌弃的样子，于是我赶紧买了张车票从出租屋撤离，连头都没回一下。

后来我辗转又去了不少城市，经历了更多的合租生活，但是没有哪个室友能像小强一样坚持天天做饭，还让我蹭吃蹭喝，所以打心底我是感激并想念小强的。

02

二〇一八年的三月，我突然收到小强的微信，这家伙竟然来北京了，据说是公司外派，他要在北京待两年。

小强的公司很抠门，并没有给小强安排好住宿，让他自行解决，

然后公司报销，要求是不能超过两千五百块钱一个月。

这就意味着小强换到另一座城市又要开启合租生活，只是不能像之前一样做二房东，遇到不满意的室友，走的就不会是别人，而是他。

小强来北京的第一个室友，是一个自称“网红”的小模特，小模特身材高挑，一米七二的身高只有九十斤。

小模特每天晚上出门，快到天亮才回来，一回来就把家里弄得乱七八糟，小强实在受不了了，一个月后就搬离了那个地方。

小强的第二个室友，是一个小白领。小白领有个异地的男朋友，一周来见她一次，男生一来，小强就忍不住要捶墙，因为出租屋的隔音效果不好，到了后半夜小强还能听到奇奇怪怪的声音。

用小强自己的话说他也是血气方刚的小伙子，这让他怎么住。于是小强来北京不过短短的两个月，就搬了三次家。

在这个时候，小强再一次向我表达了我做他室友时他的欣喜，说到底这家伙还是喜欢我，听完后我又起了一身鸡皮疙瘩。

小强的最后一个室友，请注意是最后一个，是一个刚刚大学毕业的女孩子，在北京做平面设计，每天晚出晚归，与小强碰面的机会很少，两个人的生活圈就这样稳定而有序地形成了，这让小强特别满意。

这位平面设计师便是丁丁，小强总觉得这个名字有那么点什么，于是提议说要不就叫她小丁吧，喊了两天又觉得不对，最后还是改成了丁丁。

丁丁每天早上十点上班，晚上十点下班，小强早上八点上班，下午五点下班，两个人刚开始合租的那段时间，有什么事情只能用微信交流。

小强的朋友圈每天都在晒自己吃的饭，而丁丁的朋友圈每天都在晒自己加的班，两个人形成了鲜明的对比，这让丁丁一度觉得非常郁闷。

终于有一天丁丁忍不住了，主动发微信问小强：“你每天都在家里做饭吗？”

小强回复：“对啊。你每天都要加班吗？”

丁丁回复：“对啊！我都快疯啦！”

小强问：“那周末呢？”

丁丁回答：“周末当然是在家里睡觉！”

小强回：“那等你哪天不睡觉了，可以一起吃饭。”

丁丁一听立即来了精神，立即回他：“那这周我就不睡了！”

小强见状回了个 OK 的表情，又认真地问了一下丁丁有没有什么爱吃的，丁丁也是毫不客气，一口气点了四菜一汤。

到了周末，小强起了个大早去附近的菜场把丁丁要吃的菜一一买全，然后开始准备午餐，正在房间里睡觉的丁丁大概是听到了他在外面忙活的动静，还算不上清醒，揉着眼睛问小强：“有什么需要我帮忙的吗？”

小强也是没有想到丁丁竟然穿着睡衣就出来了，算起来两个人从合租到现在一共也没见过几次面，而这样形式的一种见面，着实让人觉得印象深刻。

“没什么，你可以再睡一会儿，不睡的话，就去洗漱吧。”小强

开心的时候我会爱你多一点，

不开心的时候，我会想你多一点。

得体地回复，让丁丁好感倍增。

丁丁洗漱很快，不过五分钟就已经换掉了睡衣，把长发绾在脑后，这时候小强已经开始炒菜了。

丁丁来到厨房看到小强熟练地忙活着，而自己却又不知道能干点什么，只能在一旁呆呆地看着，等到小强炒得差不多了，她就主动把碟子拿到旁边给小强装菜，再把菜端到客厅里。

两个人第一次一起做饭吃饭，却有一种难得的默契，纵使是挑剔的小强，他也觉得跟丁丁一起生活，让他觉得很是放松。

那天有一个美中不足的小插曲，别看小强忙碌了一个上午，因为丁丁在旁边，他不免有些紧张，光记得炒菜，却忘了做饭，等到菜都齐了，丁丁打开空空的电饭煲，他这才想起来自己忘了件大事。

两个人对视了一眼，然后相继笑出了声，爱情，大概也就是从那一刻开始悄悄地住进了他们的眼睛里。

03

丁丁突然想起了什么，在小强疑惑的眼神下，跑去房间的桌子底下拖出了一箱啤酒。

“你喝酒吗？我平时加班太累的时候，总想喝点。”

丁丁有些不好意思，但小强表示理解，她的加班强度的确很大，聊天后他才知道原来丁丁经常回家了还在作图，熬到下半夜也是常有的事。

那么累，喝点酒，是可以理解的。

两个人的第一餐饭就在彼此试探与了解中进行，整个过程轻松愉快，丁丁是一个很有趣的姑娘，两个人哪怕还没那么熟悉，但也绝对不会冷场。

吃完后丁丁主动要去洗碗，小强这个人有个毛病，饭的确做得很好，但不喜欢洗碗，我跟他一起合租的时候也是他做饭我洗碗，现在丁丁主动洗碗，又让他在心里暗自给她加了分。

洗完碗后，丁丁问小强下午准备做什么，小强本来约了我，结果话到嘴边就变成了“还没想好，你呢？”

我捶你个没想好，兄弟就是拿来放鸽子的。

“我也没想好，不然我们去看电影吧，我好久没看电影了。”

看电影是多么暧昧的事啊，小强听了以后立马点点头说：“好，正好我也很久没有看电影了。”

丁丁听了以后笑得眉眼弯弯，说：“真的吗！那太好了！你有什么喜欢的类型吗？我们先看看最近有没有什么好看的。”

这可难倒小强了，他喜欢看动作片，打得越凶他越喜欢，但是他怕丁丁不喜欢。

他想要说自己喜欢爱情片吧，这样还方便两个人关系有进一步的进展，但是又怕丁丁觉得他奇怪。

就在他举棋不定的时候，丁丁提出要看科幻片，小强算是松了一口气，然后准备订票。

“我来，你请我吃饭，我请你看电影。”丁丁想得很是周到。

虽然小强有些不好意思，但还是接受了丁丁的提议。

两个人简单地收拾了一下就出了门，去看了一场长达两个小时的科幻片。电影院没有信号，我给小强打电话一个都没通，我差点以为他出啥事了。

两个小时后他给我发来微信说：“兄弟，对不住，哥们好像要恋爱了。”

04

小强这个人除了对生活品质的要求极高以外，对自己的要求也很高。

只要是他认为自己有必要去做的事情，那就一刻都不能拖拉，也可以说他这个人执行力很强，总之他觉得既然喜欢丁丁，那么接下来他就必须采取一些行动。

每天住在同一个屋檐下的两个人，从刚开始互相见不上面，到后来每天都能一起吃夜宵，如果说这不是有意为之，那就实在说不过去了。

小强向来自律，夜宵这东西向来与他无缘，但他考虑到丁丁那么晚下班回家一定很饿了，所以掐准了点，在丁丁回来的时候跑去厨房煮咖喱饭。

咖喱饭的威力别人不知道，我知道，那玩意实在是太香了，压根儿没有人可以抵挡得住这样的诱惑。

丁丁开门进来，瞬间目光就被在厨房的小强吸走，还没等她开口，小强就先问了一句："这么晚才回来？我有点饿了，想要煮点夜宵吃，你要一起吗？"

小强给丁丁煮的咖喱饭里不仅有胡萝卜、土豆，还有很多牛腩。丁丁边吃边感叹，这是她来北京到现在，为数不多感到幸福的时刻，小强听到了以后，心里简直乐开了花。

丁丁也是被饿坏了，所以她压根儿没有注意到小强的面前只放了一杯水，那个说自己饿了才想要煮夜宵的男人，一口饭都没吃。

从那以后，丁丁经常下班回来可以"偶遇"到在煮夜宵的小强。

有时候会是一碗粥，有时候会是一碗面，偶尔还会加一份水果，不管怎样，只要她推门进来，总能在这个屋子里填饱空荡荡的胃，还有空荡荡的心。

这样吃了两个月，丁丁胖了五斤，她本来就是圆脸，这下更圆了。

丁丁下定决心要减肥，郑重其事地把小强叫过来说要跟他谈谈，小强心里还有点紧张。

"我想跟你商量一件事。"

"什么事？"

"就是以后你能不能早点煮夜宵，最好是在我下班回家之前吃完，你看你是吃不胖，我可越来越圆了啊，这样下去，我该怎么谈恋爱！"

"脸圆就不能谈恋爱吗？这是什么逻辑？"

“哎呀，不是脸圆不能谈恋爱，而是没有男生会喜欢胖女生啊！”

“谁告诉你的，我就喜欢。”

这么一句猝不及防的告白，让小强和丁丁都有些手忙脚乱。其实小强并没有过多思考，不过是条件反射就说了出来，他也没想到丁丁的反应这么快，脸红了一大片。

“那……那，你喜欢我吗？”丁丁低着头不敢看小强，支支吾吾了半天才憋出这么一句话。

“我喜欢。”

05

恋爱后的小强和丁丁生活跟之前的变化不大，除了从以前小强需要踩着丁丁回家的点煮夜宵，到后来他承包丁丁的三餐以外，两个人也从在两个房间睡觉，变成了到一个房间睡觉。

丁丁对自己的男朋友十分满意，尤其是在中午打开饭盒，看到小强给她带的便当的时候。

女生总是容易被细节打动，丁丁也不例外。

这场恋爱对于他们两个人来说都算是意料之外的事情，从室友变成恋人不难，难的是从恋人恢复成室友的关系。

小强与丁丁的第一次争吵是在两个人在一起的三个月后，其实是一件很小的事，丁丁有个朋友要来北京出差，听说丁丁的房间空着，就想要来住几天。

小强起初是不太愿意的，他对室友的挑剔程度丁丁也是知道的。他觉得两个人现在生活得很好，为什么要让另一个人来破坏这个现状？

而丁丁认为她的朋友不过是出差来住几天，又不是长住，所以没什么影响。

当两个人的意见出现分歧的时候，小强作为男生本该让着丁丁，于是丁丁的朋友就这么住了进来。

刚来的前几天，小强每天都会做了饭三个人一起吃，他的厨艺也理所当然地得到了丁丁朋友的认可。

也是在这个时候，丁丁的朋友突然感叹道：“我都想留在北京了，跟你们合租也太爽了吧。”

丁丁和小强听了以后对视了一眼，然后尴尬一笑。

一个星期后丁丁的朋友出差结束，离开北京前还跟他们说：“我回头跟公司申请一下调来北京，你们到时候可不要嫌弃我啊！”

这话的认真程度，一点都不像是在开玩笑，朋友一走，丁丁和小强关上门就开始相顾无言。

“我说不让她来吧，这下怎么办？”

“她只是说说，又没真的来！”丁丁有些心烦意乱，语气也重了一点。

小强听到后默不作声地去丁丁的房间把卫生重新搞了一次，两个人的气氛突然就变得有些陌生。

又过了一个星期，丁丁再一次接到这个朋友的电话，朋友兴奋地告诉丁丁，她的申请已经提交了，让丁丁准备好迎接她来北京。

这下丁丁是彻底慌了，不知道到底要怎么办。

小强也不开心，但是这毕竟是丁丁的朋友，他又不好直接回绝人家。

丁丁赌气说："那让她来好了，反正我没关系。"小强知道她说的是气话，于是并没有吭声。

第一次吵架两个人都有些束手无策，好在隔天丁丁的朋友再次打来电话说自己的申请公司没通过，两个人这才松了一口气。

06

从那以后丁丁就开始变得小心翼翼起来，她生性敏感，又珍惜这段感情，所以不想再有同样的问题来影响两个人之间的感情。

小强同样也是，说话做事无比小心，就担心哪句话说重了会伤害到丁丁。

两个人之间的气氛变了，两个人都可以感受得到，但是两个人都没有说。

直到今年上半年，丁丁偶然间知道了小强是被公司外派到北京的，而且只有两年的时间，两年后他就要离开北京。

而这两年，已经过去了一年。

丁丁突然觉得她的爱情与她以为的并不一样，甚至觉得小强没有在之前向她坦诚这件事，对于她来说是一种欺骗。

丁丁非常生气，把曾经自己亲手挂进小强衣柜里的衣服一件一件地又拿回了自己的房间，小强怎么拦都拦不住。

小强在北京除了我就没有别的朋友了，自从他谈恋爱以后就没有理过我，不过倒是每次吵架都能想到我。

他问我该怎么办，我说："除了哄，我也不知道该怎么办，毕竟这事的确是你做得不够好，丁丁多想也是情有可原的。"

小强点点头表示同意，然后转身就去菜市场买了一堆丁丁喜欢吃的菜，准备回去给她做顿好吃的，哄哄她。

小强回家的时候，丁丁还没有回来，他看着空荡荡的房间，心里不无失落，只能钻进厨房短暂地让自己忘掉那些不开心的事情。

丁丁回来后看到小强做了一大桌子菜，心里也是难受得厉害，但是一想到小强对自己的隐瞒，她就不知道要如何去面对他。

07

"分手吧。"

小强停住了给丁丁夹菜的手。

丁丁继续说："你有想过以后吗？我们没有以后。"

"那又怎样？我们现在很好。"

“那又怎样？迟早要分开，不如早一点，否则以后会更舍不得。”

小强第一次见到这么决绝的丁丁，本来他还信心满满能把她哄好，但是在丁丁说完这句话之后，瞬间就㞞了。

“你想清楚了吗？”

“我很清楚，其实我们更适合做朋友，互相关心就好。”

“我舍不得。”

“但是我们都明白，我们不可能为了彼此去改变目前的工作状况，这对我们来说都不公平，在一起过就不遗憾了，好吗？”

丁丁越往下说语速越慢，小强的心里就越空。

“好。”

说完后两个人都端起了碗继续吃饭，就跟他们俩第一次一起吃饭一样，只是都沉默了很多。

饭后丁丁去洗碗，小强擦桌子，两个人依旧十分默契。

“你会搬走吗？”丁丁问。

“你会吗？”

“我不会啊，如果你觉得可以的话，我们就继续做室友吧。”

说完这句话以后丁丁与小强就算正式分手了，丁丁搬回了原来的房间，跟他们刚认识时一样，晚出晚归，小强也再没有心思去煮夜宵。

两个人之间看似只隔着一道墙，这道墙却谁都迈不过去了。

08

恢复到室友关系的丁丁和小强，除了不再牵手拥抱亲吻，其他并没有什么不同。

他们依旧一起吃饭，一起逛菜市场，依旧小强做饭，丁丁洗碗，有时候还会一起去看一部新上映的电影。

我前段时间去他们家吃饭见了他们俩一面，小强炒菜炒一半酱油没了，让正在追剧的丁丁下楼买一瓶，丁丁虽然嘴上说他烦，但还是下楼去了。

我突然觉得他们现在的关系也不错，并非每一场分手都要老死不相往来，如果可以做朋友，那么特别了解自己的朋友好像也不赖。

小强也觉得现在这样的生活很好，就算有一天他离开北京了，也不会觉得遗憾。他唯一担心的，是他离开了，丁丁会像之前一样，没有办法按时吃饭。

但是丁丁看得很开，她说慢慢都会习惯的，就像当初她习惯了有他一样，总有一天她也会习惯没有他的日子。

话虽是这么说，但还是很让人觉得遗憾。

然而爱情就是这样，并非努力就一定可以，有时候顺其自然或许才是对两个人最大的尊重。

我不知道他们俩的未来会怎样，但至少过去，已经足够美丽，这就够了。

他的世界

愿所有努力的人，
都能在与命运竞争的时候取得胜利。

去年春天，我的车遭遇了一场飞来横祸。

当时我人在外地参加活动，车很久没人开一直停在车位上，也不知道从哪儿掉下了一块砖头，把车顶砸了一个很大的坑。

男人爱车就像爱老婆，一听说我“老婆”受伤了，人在外地的我心急如焚，活动一结束就赶回北京找物业调监控，看看到底是谁伤害了我的“老婆”。

监控录像一出来我就蒙了，这个“人”来自二楼住户的屋檐——一块砖头，没有任何人动它，它自己脱落了，直接砸到了我“老婆”，哦，不，是我的车。

既然如此，我只能赶紧开着它去4S店维修，鹏子是经理，我因为赶时间，就赶紧跟他讲了车出现的问题以及我的需求，然后就加了他的微信便匆匆离开了。

我刚踏出4S店不久，就收到了鹏子发来的消息，内容大概就是一定会按照我的需求把车修好，感谢我对他们品牌的喜爱与信任，在末尾处还附带了一个微笑的表情。

这下把我弄得有点蒙，毕竟作为一个年轻人，在我们的世界里，微笑表情等同于“我要生气了”，再见表情等同于“我要气死了”。

但是鹏子显然不知道还有这个意思，于是我故意给他回了一个OK的表情，令我没想到的是，紧接着他给我回了玫瑰的表情。

这一番对话下来，我忍不住给他又发了一条消息。

“鹏子，你是哪里人啊？”

“程先生您好，我是河南人。”

“哎河南老乡！我也是河南的！你今年多大了啊？来北京多久啦？”

“我是九四年的，来北京七年了。”

“天，那你是很小的时候就来北京了啊，那你有女朋友了吗？”

“程先生，我已经结婚了。”

紧接着鹏子给我发了一张照片过来，是他的一条朋友圈动态截图，两张结婚证配以文字“我是全世界最幸运的男人”。

照片上的鹏子比现在还要瘦一点，笑起来露出了自己的八颗牙齿，重要的是他旁边的女生，留着波浪卷发，灵动的大眼睛里闪烁着笃定的光，简直就是一个气质女神。

“恭喜恭喜！你太太很美！”

我发誓，这绝对不是一句客气话，鹏子的太太是真的很美。

“谢谢程先生，我觉得她是这个世界上最美的女人，她就是我的全世界。”

得了，这一切都是本单身狗自找的打击！

01

这个世界上很多东西都是注定的，只是有些人信命，但不认命，鹏子就是其中之一。

鹏子说，在他十八岁之前，他一直都觉得网吧就是他的世界。

“游戏多好玩啊！俺能一天二十四小时玩游戏，不睡觉！”

这个时候鹏子已经跟我熟悉了起来，我们终于不用再用您来称呼对方，而是说起了河南话。

鹏子读的是职高，在一个班里根本找不出几个学习的人，但是你要说去网吧，能一下子走掉大半个教室的人。

“每天都醉生梦死的，饿了就去吧台泡碗面，一点都不夸张，俺去网吧比俺回家都勤。”

鹏子浑浑噩噩地上完了三年高中，捧着一张算不上学历的毕业证书回家。他爸妈问他有啥打算，他说打工呗，但具体打什么工，他也不知道。

碰巧有个以前经常一起包夜的男生给他发 QQ 消息：“要不咱去北京闯闯？”

鹏子起初不乐意，毕竟他长这么大连郑州市里都没去过。

但是一听说北京姑娘都长得美，如果能娶回家当媳妇生个娃得多俊，鹏子瞬间心动了。

于是鹏子跟三个兄弟，一人拎着一个蛇皮袋坐上了北上的火车。

那是鹏子第一次坐火车，他们一行四个人买的硬座，车厢里到处弥漫着一股泡面、火腿肠混合着汗的味道。

“鹏子，你饿吗？”

“我饿，你说他们的泡面都是怎么泡的？难道带了个暖水瓶？”

“不知道，下次咱也带一个！不能饿着！”

正值发育的年纪，四个腿长手长的年轻男孩在坐了八个小时的火车后全身酸痛，再加上饥饿来袭，出了北京站突然看到阳光，鹏子一阵眩晕腿软，险些站不住脚。

02

“北京可真大，除了碗，什么都比河南的大，就连太阳也是。”

鹏子来北京吃的第一顿饭，是兰州拉面，四个饥肠辘辘的年轻人在反复对比了周边饭店的价格以后，选择了一人吃一碗牛肉面。

牛肉只有两片，河南的有四片呢！可是价格却比河南贵五块钱，没办法，这就是北京。

鹏子两分钟就吃完了一碗拉面，连汤都喝得干干净净。

“鹏子你吃饱了吗？我想再来一碗。”

有人提议要再吃一碗拉面，鹏子摸了一下肚子，想都没想就说：“我饱了，你们吃吧！”

其实他没饱。

吃了拉面以后，四个人开始着手找房子和工作，房子不用多说，

几个中介问下来以后，他们只住得起地下室。

在北京的第一晚，鹏子有些失眠，听着其他三个人的呼噜声，他突然有些想家，但是又不知道想谁。

第二天天一亮，鹏子就醒了，他有晨跑的习惯，但是在这座陌生的城市，他压根儿不知道去哪儿跑、往哪儿跑，只能一路漫无目的地走着，直到走到一个汽车修理厂的门口。

“说是修理厂，其实只是一个很小的店，我看到门口写着招人，我就立马去了。”

不得不说，鹏子运气不错，老板二话没说就把他留了下来，让他先去帮忙洗车。

鹏子开心极了，确定自己来北京没有错，你看，这不就找到工作了嘛！

鹏子以前在职校学的是汽修专业，虽然没怎么学习过，但是洗车这事，只要仔细利索，客户都会满意的。

鹏子洗了一天的车，老板非常满意，一直夸他，还问他会不会开车，有没有驾照。

鹏子哪里开过小轿车，顶多是在家里开过他爸的三轮车，跟老板如实说了自己的情况后，老板哈哈大笑说：“没想到你还挺实诚，可以，那以后我教你！老司机带你上路，保你稳！”

鹏子非常激动，恨不得当场就跪下来叫老板一声师父。

“行，那你在这儿看着，我去帮客户试个车。”

说完后，老板便拉开一辆桑塔纳的车门开了出去。不出半小时，老板回来了，副驾上还坐着一个女孩子，看样子也就十七八岁，穿着一条粉色的连衣裙，她从车上走下来的那一刻，黑色的长发不安分地从肩膀的后侧落到胸前，她用手挑起了一撮放回了耳后。

鹏子虽然还没看清楚她的长相,但是他已经听到了自己的心跳声。

怦怦怦，鹏子不敢抬头也不敢说话，他害怕一张嘴，心就从嘴巴里跳了出来。

“爸，您这店到底啥时候才能换个门脸啊！您看看这，字都被太阳晒化了，多影响您生意啊！最近您接我的这些车哦，质量都下降了不少。”

这声“爸”把鹏子出走的灵魂，一把拉了回来，他怎么也没想到，这个女生竟然是老板的女儿。

他更是想都不敢想，这个女生将会成为他的全世界。

03

老板的女儿叫樊莉莉，她爸妈年轻时从河北老家来北京创业，她作为一个在北京长大的外来人口，在同学面前，多少还是有些自卑。

不过莉莉生性好强，从小就下定决心，一定要变得特别优秀，让那些会对她指指点点的人仰望。

莉莉看到鹏子时，还觉得有些惊讶，她没想到爸爸昨天才说要招人，结果今天就招到了。

“你叫什么名字？”

“鹏子。”

“今天来的？”

“是的。”

“哦，你忙吧。”

这是鹏子和莉莉的第一次对话，莉莉说完后就进到了店里，鹏子没想到她会主动过来跟自己说话，他都没敢抬头，只敢盯着莉莉的脚看，她的脚可真白啊，她的凉鞋也好看，在他们家里，从来没有女生穿过这个款式的凉鞋，细细的带子绑在莉莉细细的脚踝上，兄弟们说得没错，北京的姑娘真的是漂亮。

“这天也太热了吧！我不行了！鹏子，你要吃冰棍吗？我请！”

鹏子还没从刚刚与莉莉的短暂接触中缓过神来，莉莉又走到了他的身边，还不知道从哪里掏出一根皮筋，边扎着辫子边问鹏子。

鹏子在恍惚间抬头对上了一双大而有神的眼睛，莉莉的鼻尖上还冒着汗珠，看得出来，她是真的被热坏了。

鹏子能够感觉到自己的心跳又加快了，面对女神的邀约，他正不知道怎么回答的时候，老板走了过来说：“那你们去买吧，路上车多，小心点。”

“知道了爸，鹏子，走吧。”

说完后，莉莉就先走了，鹏子见此赶紧跟老板打了声招呼去追莉莉。

莉莉见鹏子追上来了，看了他一眼说：“你多大了啊？我爸不是在雇用童工吧。”

“不是不是，我已经十八岁了！”

莉莉听了以后扑哧一声笑了出来。

“那你是兼职还是全职？”

“当然是全职。”

“全职？你不用上学吗？你不是应该跟我一样开学读大一吗？”

说到这里，鹏子突然有些难以启齿。

“我没再上学了，只要师父要我，我可以在这里打一辈子工。”

莉莉有些讶异，毕竟在她的生长环境里，没有人才刚满十八岁就已经出来工作，她对自己的人生规划很简单，认真地读完四年大学，再考研究生，等研究生毕业了以后，找一份稳定的工作，然后嫁一个可以一辈子对她好的老公。

但是像鹏子这样的人，他对自己未来的规划是什么呢？莉莉有些好奇，但是又没有开口问。

莉莉要去买冰棍的地方不远，两个人走了五六分钟就到了。见到冰柜的莉莉兴奋得像个孩子，一把就拉开了冰柜的门，认真地挑选着自己想要的冰棍。

鹏子在旁边看着她，突然发现自己的心跳得没刚刚那么快了，正想暗自庆幸的时候，莉莉回过头来冲他笑得一脸灿烂地说：“鹏子，你要哪种口味？”

04

鹏子说北京的夏天其实没那么热，但是莉莉的笑却让他在空调房里出了一身的汗。

他从花花绿绿的冰棍里拿出了一根和莉莉一样的老北京冰棍，然后径自走到结账的地方，问收银员多少钱。

一旁的莉莉见状连忙拉住他说：“说好我请你，我来。”

鹏子没说话，从口袋里掏出了一张十块递给了收银员，然后才开口跟莉莉说：“下次你再请我。”

不得不说，鹏子这招是真的厉害！间接给两个人的下次互动创造了机会。

从超市回到修车店的过程中，两个人都只顾着专注吃手里的冰棍，没有再说任何话。

05

鹏子来北京的第一个月，一起来的三个兄弟走了俩。

他们是在半夜走的，鹏子在睡梦中听到了一阵窸窸窣窣的声音，他本想睁开眼睛看看，但他实在是太累了，一转身就又睡了过去。

早上醒来发现蛇皮袋少了两个，鹏子瞬间就明白了半夜听到的声音是什么。

他把剩下的大头摇醒，谁知道那个孙子没出息地竟然哇的一声哭了出来。

“鹏子，他们把我们的泡面给拿走了，我们没饭吃了！”

“啥？”

鹏子也发现了他发工资后刚买的泡面没了，气得忍不住想要跑回河南老家抓人，但是最后想想还是算了。

去上班的路上鹏子有些闷闷不乐，结果刚到店里，师父就跟鹏子说今天休息一天，他要跟老婆两个人送莉莉上学。没错，莉莉要上大学了。

鹏子没读过大学，也不知道大学是什么样，他看到莉莉穿着他第一次见到她时她所穿的粉色连衣裙，长长的头发被编成了两根辫子，鹏子还没见过有人这么编过辫子，可真是好看。

莉莉见鹏子来了，指着自己的头发问：“鹏子，我今天好看吗？”

这一问让鹏子的脸从耳朵红到了脖子。

“好看。”

“你还害羞了！害羞什么呀！”

莉莉显然不懂一个十八岁的少年在她面前脸红意味着什么，还趁机调侃了鹏子一把。

“爸、妈，你们好了吗？咱该走啦！鹏子，我走啦！”

说完这句话后，莉莉就拖着一个崭新的行李箱头也不回地往前走了，留下鹏子一个人在原地回味着她刚刚问自己她好不好看的样子。

06

莉莉的大学生活很是精彩，鹏子经常用他刚买的二手智能机看她的 QQ 空间动态。

莉莉当上团支书了。

莉莉进学生会了。

莉莉的宿舍一共有四个人，她最好看。

莉莉军训了，本来皮肤白皙的她，也被晒黑了些。

莉莉上大学后第一次回家是在一个月后，正好是十一假期，师父一大早就去买菜，说莉莉今天回来，指明要吃烤鸭。

鹏子听说后一天都心不在焉的，眼神飘忽不定地朝门口张望着，直到下午四点的时候，听到师父吹着口哨说：“我去接莉莉，鹏子，你看着点店里啊。”

鹏子听说后心脏又开始不听使唤地狂跳不止。

鹏子来北京也有三个月了，他一直觉得北京的生活节奏很快，每天睁开眼睛，闭上眼睛一天就过去了，这是他第一次觉得，时间怎么如此漫长。

两个多小时后，鹏子听到了熟悉的声音，果然是莉莉回来了，这次她穿了一件简单的 T 恤和牛仔裤，果真黑了不少，也瘦了不少，鹏子忍不住一阵心疼。

“终于到家了！今天可以睡我的大床了！！”

大概是因为回家的原因，莉莉的心情看起来不错，鹏子见她笑，也跟她一起笑了起来，眼尖的莉莉一下子就看到了。

“鹏子你会笑啊！你笑起来不是挺帅的吗！干吗天天沉着一张脸！”

被莉莉这么一说，鹏子又一次脸红，一直红到了脖子。

“又脸红，下次不逗你了！”

说话间莉莉走进了店里，没有再出来。鹏子在心里暗自懊悔，难得她愿意跟自己说话，可是他怎么就这么不争气。

07

“鹏子，你谈过恋爱吗？”

莉莉抱着手机跑到正在帮顾客换轮胎的鹏子旁边，很小声地问。

“算了，看你这样子也知道你没谈过。”

还没等鹏子回答，莉莉就把注意力放回了手机上。

“哎，我们系有个大二的学长最近在追我，他是学生会组织部的部长，还会弹吉他，我做梦都没想到他会喜欢我，你说我要不要答应他啊？”

莉莉再一次凑到了鹏子的旁边，语气温柔地说。听到她的话，鹏子握在手里的扳手停顿了一下。

“不要。”

“为什么啊？”

“你又不喜欢他！”

“谁说我不喜欢他，我可喜欢他了！”

同一天，莉莉恋爱，鹏子失恋。

08

鹏子自从来了北京后还没去过网吧，因为太贵了，他舍不得。

那天他在网吧里充了一百块钱，打了一晚上的游戏，买了两碗泡面还加了一根火腿肠。

他太难受了，可是不知道要跟谁去讲这种难受。

大头打电话问他怎么不回家，他反问大头：“你说咱们还有家吗？”

电话那头的大头什么都没说，当鹏子第二天回去的时候发现，只剩下一个蛇皮袋了，不过大头还算仗义，给鹏子买了一整箱的泡面放着，还不知道从哪儿找了一张纸在上面歪歪扭扭地写了“对不起”。

鹏子跟师父说他想辞职，师父一脸讶异，问为什么。

鹏子说他想回河南了。

师父叹了口气，然后从口袋里掏了一千块钱递给鹏子，说：“我刚来北京的时候也想回河北，但是你看……”

鹏子没有接钱，而是问了一句：“师父，那你后悔吗？”

“你看莉莉现在过得这么开心，你觉得我会后悔吗？”

一听到莉莉的名字，鹏子的心更痛了。

鹏子后来还是没有离开北京，他拿着这几个月攒的钱，咬咬牙搬离了地下室，终于住进了一套有卫生间的房子，虽然是跟别人一起共用的，但他已经知足了。

剩下的钱鹏子拿来报了一个夜校，白天修车，晚上上课，他想去感受一下莉莉的生活，也想知道自己离她还差多远。

有一天，鹏子正在上课，莉莉突然打了电话过来，鹏子趁老师不注意悄悄地溜出教室接通了电话，莉莉在电话里哭得很大声说：“鹏子，我爸中风了，我叫了120，可是车堵在了路上，怎么办哪！”

鹏子听说后一路跑回店里，气都没喘一口就背着师父出去打车。

医生说还好送来得及时，如果再晚十五分钟后果将不堪设想。莉莉在旁边只知道哭，鹏子又是缴费又是拿药压根儿顾不上安慰她。

莉莉见状，哭得更大声了，鹏子实在没辙，问她是不是发生了什么。

莉莉这才慢慢平静下情绪，嘟着嘴说：“我男朋友在外面等我，你能不能帮我看着点爸，我马上就回来。”

鹏子没吱声，莉莉跟医生说了两句话，然后就走了。那天晚上，莉莉没再回来。

09

师父出院后，鹏子一直不肯让他干活。鹏子手脚利索，这几个月来也是在认真学习，一般车子的问题，他都能解决了。

师父在一旁看着不说话只做事的鹏子，心里五味杂陈。

鹏子却像什么都没发生一样,继续埋头工作,这一做,两年过去了。

有一天，师父从外面回来把鹏子喊过来，对他说：“鹏子，你来北京这么久了，对以后有什么打算吗？”

这个问题鹏子也想过，曾经他对莉莉说如果师父要他，他愿意在店里打一辈子工。

但是一辈子还有很久呢，他难道真的要永远待在这里吗？

师父见他没说话，接着开口说：“你这孩子踏实肯吃苦，就是不爱说话，这点你得改改。我这破店，也不知道哪天可能就开不下去了，我有个朋友的儿子在 4S 店当经理，前几天我帮你问了一下，他们说让你直接去上班，做汽车销售，你去不去？”

短短的几句话，有师父对他的不舍，也有对他的关爱，鹏子虽然话少，但是道理比谁都懂，他用力地点了点头说：“去！”

师父听到这声肯定的回答后开心地大笑起来。

“4S 店都是穿西装的！回头师父带你去买！师父送你！你一定要好好干啊！”

10

鹏子在店里修车的时候都是怎么方便怎么穿，换上正装以后，你别说，还真的挺帅。

师父悄悄地用手机拍了张照片，想着回头要给莉莉看看。

鹏子住的位置距离他上班的地方要坐差不多两个小时的公交车，他第二天早上六点就起了床，刷了两遍牙，洗了三次脸，还特地梳了一下头发才出门。

按师父说好的路线，鹏子提前半个小时就到了4S店，人家还没开门，他大夏天的穿着厚重的西装在太阳底下被晒得满头大汗。

终于有人来开了门，吹上空调的鹏子觉得自己好像又活了过来，看到店内停放着崭新的汽车，鹏子的眼睛都亮了起来。

这两年他也修过不少车，但是新车，而且是那么多辆，他还是第一次见。

在来之前，师父特地叮嘱了鹏子，要时刻记住他是来卖车的，不是来修车的，所以一定要学会说话。

跟鹏子一起入职的还有三个新人，公司要求他们必须经过一个月的岗前培训才能正式上岗，而正式上岗之前还有一场检验培训结果的考试，如果考试不合格，那么就不能上岗。

鹏子一听说要考试，心里慌得不行。他自从上学开始就没及格过，连卖车都要考试，这不是要他的命吗？

但是来都来了，他又不想让师父失望，只能硬着头皮上。

一个月过得很快，考试的前一个晚上，鹏子失眠了，他满脑子都是第一次见到莉莉时莉莉的样子。

到了下半夜好不容易睡着了，一大早又被清理垃圾的垃圾车给吵醒，鹏子索性不睡了，起来又刷了两遍牙，洗了三次脸，然后坐公交出门。

笔试不难，鹏子早已背得滚瓜烂熟，但是到了面试的时候，鹏子有些紧张。

好在也是非常平常的对话，鹏子纵使有些害羞，但也顺利完成了考试，正式成为店里的一名汽车销售。

11

十个销售，九个骗，而鹏子不愿意骗顾客，人家问这车有啥优点，他说了。

人家再问有什么缺点，他还是说。

顾客一听，我花这么多钱买这车多不划算，算了，还是换一家看看吧！

所以第一个月下来，他一台车都没卖出去，被领导骂得狗血喷头，也被师父骂得狗血喷头。

令鹏子没想到的是，许久不见的莉莉大概是听师父说了这件事以后，竟然打来电话鼓励他说："你要相信自己，只要努力，没有做不到的事。"

包括追到你吗？鹏子只是想想，他才不敢真的问莉莉呢。

有了莉莉的鼓励，鹏子就跟变了一个人似的，终于学会了如何做一个合格的销售。

他待人真诚，顾客有什么需要都能及时回复，这让他第一次成了店内的销售王，也是他来北京这么久，第一次拿超过一万块钱的工资。

鹏子下班后去自动取款机盯着银行卡余额看了很久才敢给他妈打电话，电话接通后，鹏子跟妈妈说的第一句话就是："妈，我好想家啊。"

鹏子利用休假的时间回了一趟河南老家，给家里留了两万块钱。看到昔日只知道玩乐的儿子如今变得这般沉稳，鹏子的妈妈心里是既开心又揪心。

开心的当然是儿子的变化，揪心的是让他变化这么多的原因她并不知道。

鹏子是在莉莉的电话轰炸下才回的北京，莉莉在电话里哭得很大声说她失恋了，她男朋友不止有她一个女朋友。

鹏子听说了以后赶紧买了车票赶回北京，行李都还没放下就去了莉莉的学校找她。莉莉也没想到鹏子竟然真的来了，当她下楼看到拎着行李箱站在宿舍楼前等自己的鹏子时，那一刻，她只想哭，不知道为什么。

12

失恋后的莉莉开始经常出现在鹏子的店附近，鹏子下班了就会带她去附近的小饭馆吃饭。

莉莉去的次数多了，被鹏子的同事撞见，大家都开他们的玩笑说：“鹏子什么时候办酒啊？”

鹏子怕莉莉生气，赶紧红着脸解释说：“不是不是，我们不是。”莉莉听他这么说，有点生气，就问他：“不是什么？你是觉得我配不上你？”

鹏子一听莉莉语气不对，赶紧又回头跟她解释说：“不是不是，当然不是。”

“那你说，不是什么？”

这个问题可把鹏子给问住了，好在电话及时为鹏子解了围，是师父打电话让他晚上去家里吃饭，等鹏子接完电话，莉莉已经气得先往地铁站走了。

鹏子好不容易跟上莉莉，但也不敢跟她说话，怕自己一开口又惹她生气。北京的地铁很是拥挤，鹏子怕别人碰到莉莉，小心谨慎地用手围了一个圈，这一切莉莉全都看在了眼里。

两个人兜兜转转终于下了地铁，见莉莉没有刚才那么生气了，鹏子才开口说：“在我眼里，没有哪个女生比你更好了。”

说完这句话后，鹏子的额头和鼻尖全是汗，可想而知他有多么紧张，他以为莉莉又会生气，没想到她竟然笑着盯着自己看，这下鹏子更紧张了。

“那你喜不喜欢我？”莉莉问。

鹏子没想到莉莉会这么问自己，他愣了很久都不敢说话。

“不回答就是不喜欢。”

“不是的！”

“那就是喜欢？”

“也不是的！”

“那你是什么意思？逗我玩呢。”莉莉皱了皱眉头。

“我爱你。”

这次轮到莉莉愣了，她没想到有一天会从鹏子的口中说出这三个字，更何况是对自己说。

“我爱你，可是有什么用呢？我现在做的所有努力都是希望有一天站在你旁边可以显得我不是那么差，可是不管我怎么努力，我依旧配不上你。”

鹏子也是豁出去了，想着既然已经要接受宣判了，那就再为自己争取一点辩解的机会吧。

“我从来没觉得你配不上我，你的努力是我都比不上的，你大可不必这么自卑，我没你想的那么好。”莉莉好不容易才从震惊中缓过来，回复道。

“可我就觉得你好，你哪儿都好。”鹏子固执得有点可爱，重点是，莉莉有点喜欢。

13

鹏子也不知道莉莉怎么就成了自己的女朋友，总之从那以后同事都开玩笑问他们什么时候办酒的时候，还没等他回答，莉莉就抢先说：“快了，到时候请你们。”

说完后莉莉总是不看他，自己别过头望着前方微笑，鹏子见状也跟着她一起笑。

莉莉大学毕业面临着找工作，莉莉爸爸的意思是让她找一份跟自己所学专业对口的工作，但是莉莉觉得她大学学了四年都没有爱上这个专业，所以怎么说都不答应，非要去搞什么他们都没听过的新媒体，把她爸气得半死。

鹏子知道后拎着两瓶酒、带了一只烤鸭，去了莉莉家里，说是要陪师父喝两杯，其实是在为莉莉解围。

酒喝得差不多了，师父的眼睛都开始眯了起来，鹏子见状开口说：“师父，让她去做吧，还有我呢，我养她。”

一个是自己的女儿，一个是自己心爱的徒弟，师父又怎会不知道这两个年轻人背着他早就谈起了恋爱。

“她被我宠坏了，你以后要辛苦咯。”

“没事，我替您接着宠。”

“行呗，我就这一个女儿，我见不得她委屈。”

“放心吧，师父。”

“还叫师父？”

师父这招打得鹏子有些措手不及，酒精上头，这个年轻人在泪眼婆娑中，冲着眼前这个头发已经开始花白的中年人，叫了一声“爸”。

14

莉莉查了好多天的皇历，终于选定了领证时间，就赶紧让鹏子找家里寄户口本过来。

鹏子的爸妈一听鹏子要结婚，被吓了一跳，没想到儿子去了趟北京连媳妇都找到了。

鹏子动情地跟自己的爸妈说起了他来北京发生的故事，两个老人在家里也是感叹了很久，说鹏子这是命好啊。

其实在此之前，鹏子一点都不信自己命好。

刚来北京的时候他是那么无助，直到遇见了师父，遇见了莉莉，他才算真的尝遍了这世间所有的酸甜苦辣。

他感谢他拥有的一切，也感谢他自己，当年没有选择跟他的那群朋友一起在深夜离开北京。

像鹏子这样来北京的人很多，但是敢这么跟北京较劲的人很少。

鹏子的确算不上命好，他是拼了命去抓住了自己想要抓住的东西，不管是工作还是爱情，这都是上天给他最好的回馈。

愿所有努力的人，都能在与命运竞争的时候取得胜利。

没有别的原因，只是因为值得而已。

爱你这件事，
我要出发，也要目的地

如果我不喜欢你，我们就不会再见。
可是我喜欢你，我们就一定会再见。

大象在二十八岁这年终于遇到了自己的初恋，你没有看错，真的是二十八岁。

在我的众多朋友里，大象也算是一个能人。

大象出生在农村，在过去，农村人都说养儿能防老，于是大象的爸妈就养了四个儿子，大象是最小的。

作为老幺，大象并没有得到来自家庭的偏爱，一件衣服大哥穿小了后给二哥穿，二哥穿小了后再给三哥穿，等到三哥穿小了，才能轮到大象。

大象从小就被灌输一种思想：爸妈没钱养活他们，一切就只能靠自己。在当时那个条件下，一个贫穷的家庭想要供四个孩子上学显然是不可能的事。

在一次家庭会议上，最讨厌上学的大哥首先退出，说准备去工地上搬砖头。

成绩平平的二哥也举手发言说，他可以跟大哥一起去。

三哥见两个哥哥都选择去搬砖了，向来爱玩的他也跟着说："那就让小四去念吧，我也去搬砖……"

大象的爸妈本以为四个儿子会因为上学的名额争得面红耳赤，甚至都想好了，如果四个儿子都想上的话，那就只能让他们抽签，谁抽到，谁就去，公平。然而，令他们没想到的是自己的孩子对上学是如此不感兴趣。

于是大象成了家里唯一获得初中学历的人。

但其实大象在上高中之前的成绩都很一般，高中都是踩线考过的。在大象去上高中之前，他们一家再次举行了一次家庭会议。

大哥从屋里拿出一双崭新的运动鞋说："小四，我听说城里的学生都穿这个鞋，叫运动鞋，大哥也给你买了一双。"

二哥见状，也去了屋里一趟，然后拿了一件外套出来，说："小四，城里的风大，二哥给你买了一件新衣服，你看看合不合身。"

三哥蒙了，他啥都没买，有点不好意思地摸摸头，什么都没说。

大象在一家人的注视下穿上新衣服和新鞋子，哇的一声大哭说："爸妈、大哥、二哥、三哥，我一定好好学习，考上大学！"

爸妈见此也掉了眼泪，边抹眼角边说："我们家小四有出息！将来要上大学！"

三哥找同事借了一辆摩托车送大象去车站，这是大象第一次坐摩托车，风迎面吹来，舒服极了，坐在后座的大象说："三哥，等我考上大学挣钱了，我一定要给你还有大哥、二哥一人买一辆摩托车！"

三哥听了哈哈大笑，说："好！"

大象上车前，三哥把他拉到边上，从口袋里悄悄地掏出了两张崭新的红票子塞到大象的手里说："三哥什么都没给你买，这钱你拿着，想买什么自己买。”

大象的心里实在是太难受了，想哭又不能哭，只能在心里暗暗发誓，一定要好好学习，才对得起家人对他的爱。

于是高中三年，大象永远是班上起得最早、睡得最晚的人。三年匆匆而过，当中国人民大学的录取通知书寄到他家里的时候，大象正在工地上跟三个哥哥一起搬砖，他们的妈妈一路小跑过来，喘得不行。

“小四，你考上啦！你考上大学啦！”

大象立马反应过来是录取通知书到了，于是招呼着三个哥哥一起回家，还没到家门口，他们就听到了鞭炮声和喇叭声。

村长带了人正在家门口站着，等待着他们全村的骄傲。

大象从村长的手里接过录取通知书时，眼里饱含着泪水，看到自己梦寐以求的通知书，心里五味杂陈。

跟三年前上高中时不同，这一次上大学，大象有了奖学金，所以对于这个家的压力并不大。去北京之前，大象一家送他去火车站，他看着由于长期在工地上班被晒黑的哥哥们，心里十分纠结。

“爸妈，还有大哥、二哥、三哥，你们在家都要照顾好自己，等有机会，我接你们去北京看天安门！”

家人们听到后高兴得合不拢嘴，应声说好，又叮嘱他也要好好照顾自己。

上了大学的大象，跟高中时差不多，依旧起得早，睡得晚，唯一的不同就是，他周一到周五是为了学习，周六、周日是为了打工。

大一的寒假，大象拿着平时打工赚的钱，给爸妈和哥哥们一人买了一件新衣服，一家人过了这么多年最富裕也是最开心的一个年。

三位哥哥这几年为了多赚点钱给大象上学，个人问题一个都没有解决。在农村，像他们这个年纪，早就应该娶妻生子，然而他们家却一点动静都没有。

大象表达了自己已经可以养活得了自己了，希望哥哥们也多为自己考虑一下。

哥哥们听了虽然有些不好意思，但是更多的是开心，各自回去数了数存折，发现原来自己还挺有钱。

三年里，大象家办了三场喜事，到了三哥结婚的时候，大象正好本科毕业，又考上了研究生，双喜临门，大象在三哥的喜宴上笑得眼泪狂飙。

读完研究生再读博士，他没有时间和心思去考虑其他的问题，直到二十八岁这一年，他博士毕业，他才觉得，自己终于把一家人的书都读完了，那么以后的人生他想为自己好好活一次。

大象想去旅游，因为不是有句话那么说吗？“身体和灵魂，总有一个要在路上。”灵魂暂时休假的大象，决定让身体上路。

大象在手机上下了一堆 App 研究攻略，还是做不了要去哪里旅游的决定，最后还是我给他出的主意：直接去旅行社报个最快出发的团，只要出发，不要目的地。

大象纠结了半天决定采纳我的建议，于是风风火火地跑去旅行社报了名，两天后出发，泰国七日游。

长这么大，北京是大象去过的最远的地方，这一次突然要出国了，大象颇有些局促不安。直到出发的前一天，旅行社的领队加了大象的微信，大象这才踏实了很多。

领队叫 Linda，微信头像是一头卡通大象，大象看到后非常有亲切感。出发前，Linda 在微信上叮嘱大象要检查证件，大象经过再三确认后便出发去了机场。

到了 Linda 说好的集合点以后，大象一眼就看到了举着小黄旗正在低头看手机的 Linda。他走过去后想跟她打个招呼，无奈 Linda 过分沉迷于手机，并没有意识到自己的身边多了一个人，于是大象就这样一言不发地站在她的身边，研究着来往的人。

过了大概十分钟，还没有其他人来，Linda 大概是低头太久，脖子有些酸了，想着要抬头转动一下脖子，这时她才发现站在旁边的大象。

“哎，你是大象吧？什么时候来的？怎么都不说一声？我正想给你发消息问你到哪儿了呢。”

Linda 的声音很好听，有一种北方女孩的爽朗。刚刚一直在发呆的大象，突然被这么一叫，立马回过神，对上 Linda 又大又亮的眼睛，不知道为什么，他竟然有些紧张。

“我也刚到不久。”

“成，那要辛苦你再等会儿，其他人还没到。”Linda 低头看一下手表，然后冲大象笑着说道。

很快，一团十五人陆续到齐，Linda 把所有人叫到一起开了个小会，跟大家做了一个简单的自我介绍之后又强调了一些注意事项，最后她说了一段话，让大象的内心涌起了一阵波浪，久久不能平息。

“很多人觉得旅行是一种享受，但其实对于我们导游来说，每一次出行都是一场冒险。只有当我们所有人都平安回来以后，才是我开始享受的时刻。希望这一次的冒险，我们都可以十分享受！”

Linda 说完后得到了团员们的掌声，本来言谈举止都气场十足的她，在这一刻突然有些脸红，甚至还吐了一下舌头。这个样子的 Linda 有点可爱，也有点狡黠，最重要的是，大象有点喜欢。

于是在大象出发前，我收到了他给我发的一条消息。

“程一，我好像喜欢上了一个女生。”

当时我还不知道这是大象长这么大第一次尝到心动的滋味，我还琢磨着这哥们也太逗了，喜欢上一个女生有什么好稀奇的，他要是不喜欢女生那才是大新闻呢。

大象的泰国之行因为多了一份对 Linda 的暗恋，显得格外地生动。

别人都去摸大象，骑大象，跟大象合影，只有他站在 Linda 的旁边低声说：“还是不要伤害大象了吧。”

Linda 被他这句话逗得笑得前仰后合，跟他说：“放心吧，大象那么可爱，没有人会舍得伤害它的。”

大象一时也拎不清她说的大象是哪个大象，但依旧悄悄地红了脸。

大象他们团一共有十五个人，其他人要么是情侣，要么是闺密，只有他是一个人来旅游的。玩了两天以后，大家就已经混得很熟了，在去景点的路上有些堵车，闲来无聊，就有人提出疑问：为什么一个男生会独自报团旅行？

有人猜大象一定是失恋了所以才来旅游疗伤。

有人猜大象一定是刚离职，所以想利用难得的空闲时间出来玩。

还有人猜大象是公司年会中了旅游的名额奖，特地休了年假出来放松放松。

大家都很期待大象的回答，Linda 也是。

“我没有女朋友，也没有失恋。”说完后大象还偷偷地瞄了一眼 Linda，两个人视线差点就相撞，吓得他赶紧扭头看向窗外。

这么避重就轻的回答显然并没有让大家满意，还引起了新一轮的起哄。

“那就是单身咯？”有女生问道。

大象没有再说话，只是笑了一笑，但是大家已经明白了他的意思。

“我们团里那么多女生，有喜欢的吗？”

一群看热闹不嫌事大的人一点都没有放过大象的意思，气氛越来越热烈，大象的心跳也越来越剧烈。

好在司机给力，正好景点到了，Linda 招呼着大家下车，这个话题也就暂时告了一个段落。但是大象并未觉得轻松，因为他的心里的确住了一个人。

这一站他们去到了“杜拉拉”水上市场，可以自由活动。大家从 Linda 手上接过票以后就迫不及待地按着指示进去逛街吃喝了，只有大象一个人再次被落单，站在原地不知道从哪儿逛起。

“走吧，我带你逛逛去。”

Linda 径直走在前面，大象听到后立即跟上。

“大象，你为什么会一个人出来旅游？”

“就是想做一些以前没有做过的事。”

“那你这次玩得开心吗？”

“很开心。”

Linda 听到他的回答后，笑得眼睛都眯了起来。

两个人就这样一路逛下来，Linda 吃什么大象就吃什么，Linda 有时候会停下来拍拍照片，大象就停下来看看她，越看越觉得喜欢，他自己也说不清是为什么。

七天的旅行很快就过去了，离开曼谷之前，Linda 跟出发前一样把大家叫到一起开了个小会，反复叮嘱大家检查好证件，带好自己的行李。到了最后她说：“很开心能够跟你们完成这次冒险，我不知道你们现在的心情和来时是否一样，我只希望你们再次回忆起这趟旅行的时候，能够想起的永远都是最开心的部分。”

说完后，她再一次得到了大家的掌声。

回去的时候，大象坐在 Linda 的左边，飞机起飞后 Linda 便戴上眼罩开始睡觉，大象不知道盯着她看了多久。

飞机安全降落在首都机场，大家都忙着告别，只有大象站在原地看似在整理行李，实则却在拖延时间。

当所有的游客都走了，只剩下他跟 Linda 的时候，他也不知道哪来的勇气跑去问 Linda：“你有男朋友吗？”

Linda 也没想到这个平时闷闷的大象，竟然会主动过来跟自己讲话。

“没有。”

“那我做你男朋友吧，行吗？”

大象表白的执行力一点都不比他念书差，听了他的话以后 Linda 被震惊得不知道要怎么回答他。

“你说过的，大象那么可爱，没有人会舍得伤害他。”

Linda 做梦也没有想到，当初自己随口说出的话，竟然让大象记在了心上，并成了自己无法拒绝他的理由。

“很抱歉，大象，我没有想伤害你，但我们不合适。”

Linda 丢下这句话以后便把大象一个人留在原地先走了，可怜的大象在二十八岁才遇到的初恋，还没开始就已经失恋了。

失恋后的大象并没有一蹶不振，他开始在家里研究起了地图，Linda 每在朋友圈发一个定位，他就在地图上标注上去。

我笑他也太痴情了，人家都拒绝他了，怎么还不死心。

大象表示，爱情就跟旅游一样，一旦出发，就不能随便回头。

我没好意思打击他，可是哪怕是旅游，也终究有回家的一天。

大象博士毕业后的工作是在一所大学当老师，其实当时他有更好的选择，而他之所以想要当老师，是因为老师每年都有寒暑假，可以用来旅游。

当然，大象说的旅游基本可以等同于追 Linda。

当 Linda 再一次看到大象出现在自己的团里时不无震惊，但是她并没有表露出来，仍旧用自己专业的态度去接待他。

这一次他们去的是巴厘岛，一个很容易发生故事，也很容易发生事故的地方。

上了飞机以后，大象依旧坐在 Linda 的左边，这一次 Linda 即使戴上了眼罩也无法入睡，毕竟她的身边坐着的，是几个月前刚跟自己表白过的男人。

“为什么会来？”

“因为想来。”

“为什么想来？”

“因为你在。”

“为什么喜欢我？”

“因为……”

见大象被噎住，Linda 笑出了声。

“我还以为我们不会再见了。”

“如果我不喜欢你，我们就不会再见。可是我喜欢你，我们就一定会再见。”

以前我是真的没看出来大象竟然有做诗人的潜质，显然 Linda 跟我一样，被大象这么突如其来的情话弄得满脸通红。

“我大多数的时间都在外面带团，一个月也回不了几次家，压根儿没时间谈恋爱。”

“那你每次带团回来，都会看到有一个人在等你回家，不是也很好吗？”

大象的穷追不舍让 Linda 有些招架不住。

“我们都不了解对方啊，我连你是干什么的都不知道。”

“那就从现在开始了解吧。”

这一路大象成了 Linda 的跟屁虫，谁都看得出来，他对巴厘岛不感兴趣，对 Linda 这个导游倒是很有兴趣。

巴厘岛的景色很美，但是在大象看来，他眼里唯一的景色就只有 Linda 而已。

到了海边，别的女生都在忙着拍照，只有 Linda 一个人租了把躺椅，把帽子盖在脸上，开始闭目养神。

大象也不知道她睡着了没，就这样坐在她的旁边玩着手机，心里就跟海浪一样澎湃。

“大象，其实我没有谈过恋爱，也不知道谈恋爱是什么感觉。”

Linda 突然出声，大象还以为是自己出现了幻听。

“我也是，不过如果你愿意的话，我们可以一起感受。”

Linda 听了他的话以后拿下了帽子，在刺眼的阳光下笑得越发地明媚。

“那好吧，我们一起感受一下。”

大象和 Linda 恋爱了，他大半夜给我打了国际长途电话回来就为了告诉我这事，我笑他没出息，他却说：“程一，我考上博士都没那么开心！”

好吧，是爱情，确认无误。

从巴厘岛回来以后，大象就像变了一个人似的，以前的他表情和话都不多，恋爱后的他表情和话都很多。

他给他爸妈打电话，说：“爸妈，我找到女朋友了！”

“小四，你处对象了？哎呀！谁家的闺女，好看不？”

“好看！”

“那你一定要好好对人家啊！”

“好！”

他又给他大哥打电话，是他大嫂接的。

“大嫂，我找女朋友了！”

“真的吗小四！你大哥前几天还在家里念叨呢，他要是知道一定很开心！”

挂了大嫂的电话，他还想给二哥和三哥再打个电话来分享他的喜悦，然而这时候 Linda 的电话进来了，她刚落地曼谷，想起了他们第一次见面时的场景。

大象在电话这头也是一样，立即就想起了当时遇见 Linda 时的心动。

两个没谈过恋爱的人就这样谈起了恋爱，Linda 每一次带团出去大象都会送她去机场，每一次回来，大象都会去接她。

他渐渐地明白了 Linda 说过的，对于导游来说，旅行其实是一场冒险。

如今每一次 Linda 带团出去，对于他来说，也是一种冒险。

大象依旧会在地图上标注 Linda 去过的地方，再用另一种颜色标注他们一起去过的地方，Linda 每次看到这张被涂涂画画了很多次的地图时，都可以感受得到自己在被温柔地爱着。

Linda 第一次跟大象回家过年的时候就被他家的阵仗吓得不轻，

虽然早就做好了准备，但是她实在没有想到大象在家里的地位竟然这么高。

大年三十的晚上，Linda 跟大象的妈妈一起在厨房包饺子，妈妈笑着跟 Linda 说：“闺女，你别嫌弃我们家小四是农村的，他从小就懂事，三个哥哥都不爱读书，就他一个人去上学，他其实也不爱念书，却念到了博士，就是想着以后能让我们都好过一点。”

Linda 点点头说：“阿姨，你放心吧，我们很好。”

在厨房门外站了很久的大象听到 Linda 的这句“我们很好”的时候，眼泪唰地掉了下来。

他在这样一个环境下长大，一路努力成为这个家的骄傲，从来都是他不管承受着多大的压力都会跟家人说“我很好”。如今，在有一个人会陪着自己一起说“我们很好”的这一刻，他终于感受到了，谈恋爱到底是一种什么样的感觉。

大概就是不管你这辈子吃了多少苦，当你遇到这个人的时候，你依旧愿意感谢上帝，让你与他相遇，从而尝尽这一生的甜。

曾经他想来一场只要出发，不要目的地的旅行，往后他想给 Linda 一个只要出发，总能回头的家。

大象是在泰国跟 Linda 求的婚，临走时他给我打电话说他要重温一下两个人当初的相遇之旅，Linda 并不知道他在上飞机之前，悄悄地在她的行李箱里藏了一枚钻戒。

待到了酒店，Linda 打开行李箱看到以后，她哭得稀里哗啦，问大象这是要干吗。大象笑着问：“你没有老公吧？”

Linda 哭着摇摇头说："你说什么呢！我当然没有！"

"那我做你的老公，行吗？"

听到这里，Linda 哭着哭着就笑了出来。

"你说过的，大象那么可爱，没有人会舍得伤害他。"

"大象那么可爱，我才不舍得伤害他！"

这一刻的大象，是全世界最幸福的男人！别问我是怎么知道的，大半夜接到他的国际长途，我也很绝望！

不管怎样，祝福大象和 Linda，祝福你们从此成了彼此出发的理由，还有回家的目的。

我们各有过去，
我们共有未来

爱情不就是这样，
可以让你打破所有的原则，
为之付出所有的例外。

杰妮是我刚来北京时认识的朋友，她自称是一个演员，演过很多部电视剧和电影，我却从来没听过她的名字。

见我这么说，杰妮用极度嫌弃我的眼神看了我一眼，然后说："一定是因为你看过的电影和电视剧太少了。"

我不服，让她给我找几部她演过的作品给我看看，杰妮见我兴趣这么高涨，一连给我发了一堆片名。

然而我连看了三部都没有找到杰妮的影子，我觉得她一定是在骗我。

在我的疑问之下，杰妮还是不服，直接给我截了张演员表过来，然后还特生气地问我说："你看电视都不看演员表的吗？"

我很惊愕：看电视还需要看演员表？这我还真是第一次听说。

而演员表上还真有杰妮的名字，她饰演的角色是——路人。

看到这一幕的时候我沉默了。

杰妮见状有些不好意思，跟我说话的声音都小了不少。

"你别看不起我们这些十八线演员啊，没有我们的衬托，那些一线演员如何才能脱颖而出？"

她说完后再一次畅想了一下未来。

不过虽然杰妮是一个十八线演员，但她还非常懂娱乐圈的某些特定的规则。

比如说在身材管理这件事上，杰妮从来没有输给过任何一个女明星。

杰妮身高一米六五，体重只有八十五斤，她坚持每天称两次体重，早上一次，晚上一次，只要体重超过八十五斤三斤，她就嚷嚷着要减肥，因为胖了上镜会不好看。

我调侃她虽然没什么机会上镜，但是如此有自制力，还真是让人佩服。

当然杰妮也有撑不住的时候，有的时候她实在饿得不行了，就跑去大吃一顿，这一次吃完，就又回到一天只吃一顿饭的日子。

每次看到杰妮这样子，还真挺让人心疼的。

而当她一撑不住想要大吃，就把我召过来买单的时候，我就更心疼了，这一次我心疼的是我自己。

我问过杰妮：“为什么一定要当演员呢？”

杰妮回我说：“那你为什么一定要当主持人呢？”

得，当我没问。

01

杰妮有一句口头禅，听起来特别白痴，可她说的时候，总是特别认真。

“事业型女性不需要爱情。”

杰妮的这句口头禅可应用的场景很多，比如在聚会上有男生被她的美貌打动问她有没有男朋友时，在她爸妈打电话过来问她到底打算在北京漂多久才能回家嫁人时，在去试镜有人问她的感情状况时。

杰妮自诩是一个事业型女性，保持着对自己职业的尊重，坚决不把时间花在谈恋爱上。

她说恋爱使人懒惰，而她要好好演戏，好好赚钱。

我不知道作为一个十八线演员收入到底怎么样，但是杰妮是真的很穷，穷到经常付不起房租，但即使是这样，她也没想过要换一份工作，依旧张口闭口就是演戏。

所以自从我跟杰妮认识以来，她经常跟我说的一句话就是：“程一，你请我吃饭吧，不然你借我点钱也行。”

饭得吃，钱也得借，但是杰妮这样只是因为喜欢演戏，就把自己的一切都给豁出去了的行为，我其实不那么赞同。

看着坐在我对面慢条斯理啃着鸡腿的杰妮，我还是忍不住说了一句：“你真没考虑过换个工作？”

“讲真的，考虑过，但不是现在，我想再等等。”

“等到什么时候？”

“你不觉得如果我们这一辈子，连为梦想拼命一次的勇气都没有的话，其实很丢人吗？”

杰妮说这句话的时候尤其认真。

“其实我很羡慕你，程一，像你这么能够把自己喜欢的事做到极致的人不多，所以你非常优秀。”

这么突然地夸奖我，我有些不适应，赶紧招呼服务员给杰妮加两个菜。

杰妮见状开心极了，赶紧又拿起筷子吃了起来。

“程一，虽然我知道我可能这辈子都红不了，但我就是想再努力一次看看，或许明天就有机会呢。”

“我一点都不怀疑你明天或是后天可以获得机会，我只是觉得，在目前这个阶段，你需要有个人帮你收拾好你的生活。”

“嗯？那你是想自荐吗？”

哎，早知道我就不开这个口了。

“哈哈哈，要不你养我啊，你有钱，我有颜，我们俩挺合适啊。”

说完后杰妮还冲我挤挤眼睛。

“好啦，开玩笑的，你不是我喜欢的类型！”

这话我就不爱听了，我还不是她喜欢的类型！那还天天让我请她吃饭！

02

那天过后大概有一个月的时间杰妮没有再找我借过钱，看她的朋友圈，我大概知道了时隔几个月后她终于又接到了戏，貌似这一次演的还是一个女八号，一直在剧组拍戏，难怪这么久没喊着要让我请吃饭。

又过了大概一个月，某一天我接到了杰妮的电话，我刚想问她打算吃什么，谁知道杰妮接下来竟然说："程一，我恋爱啦！我男朋友做的鸡腿超好吃的！有空来我们家吃饭啊。"

说这句话时的杰妮大概已经忘了她当初说过事业型女性不需要爱情，这打脸速度简直堪比火箭，我倒是想去看看到底是哪位如此富有的人，敢养杰妮这个穷鬼。

杰妮的男朋友很帅，这是我对他的第一印象。

我们第一次见面是在杰妮的生日派对上，杰妮邀请我去她家里参加她的二十二岁生日派对。我一边感叹年轻可真好啊，一边想着一会儿去健身房要多跑会儿步，这样晚上去他们家才能大开吃戒。

杰妮住的地方离我大概半个小时的车程，但是北京的交通情况你们都懂的，正当我在路上焦躁地等着车时，杰妮的电话进来问我怎么还不到。

还没等我回答，我就听到电话那头有个好听的男声在说："宝贝别急，这个时间路会很堵。"

于是坐在车里的我在七月的北京，起了一身的鸡皮疙瘩，虽然这声“宝贝”叫的不是我。

接下来的路上我在脑海里想象了好久，杰妮的男朋友会是什么样子，但是怎么想都没想到的是，她的男朋友竟然这么帅。

到了杰妮家，我才按了一次门铃，就有人应声说来了，然后我就见到了一个白白净净的男生，笑得很阳光地跟我打招呼说：“嘿，是程一吧，我是阿豪，杰妮的男朋友，欢迎你来。”

阿豪是广东人，普通话有浓浓的南方口音，一米八二的身高在南方人中可以说是非常优越了，再加上他阳光帅气的长相，我敢说没有女生会不喜欢这样的男生。

03

那天去的人不多，除了杰妮，其他人我都不认识，进门我才发现，杰妮这个小得不能再小的房间，竟然被装饰得非常有氛围。戴着生日帽的杰妮见我来了，赶紧拉着阿豪笑着跟我说：“我男朋友，是不是很帅！”

见我点头，杰妮更加开心，招呼了其他几个朋友一起入座以后，开始逐一介绍今天桌子上的每一道菜都来源于她万能的男朋友。

阿豪见状略微有些羞涩，先端起了酒杯开口说：“谢谢人家今天过来参加杰妮的生日会，招待不周，还请见谅，我先敬大家一杯。”

一杯酒喝完，我夹了一只鸡腿，迫不及待地想尝尝阿豪的手艺。

才吃一口，我就开始羡慕起了杰妮，不得不说，阿豪的手艺是真不错，我对做菜不是很精通，但是阿豪卤的鸡腿，汤汁鲜美，十分入味，让我忍不住感叹杰妮也太会挑男朋友了吧。

在场的杰妮的几个小姐妹想必也是跟我一样的想法，不知道是谁先说了一句："杰妮，你上辈子怕是拯救了银河系吧！"

这样的夸奖在杰妮听来是十分受用的，我认识杰妮以来，她给我的印象一直都是大大咧咧的，从来没见过她因为谁而害羞过，见别人这么夸奖自己的男朋友，杰妮还有些害羞。

倒是阿豪，冲着杰妮笑得贼温柔，然后主动说："我才是拯救了银河系的那个。"

我对他们俩到底是谁拯救了银河系并不是很感兴趣，我感兴趣的是阿豪和杰妮两个人到底是怎么在一起的。

不过压根儿用不着我开口，就有人先问了这个问题。杰妮大概也是嗅到了大家的八卦气息，非常大方地回答说："他是我的粉丝。"

天，作为一个连脸都没咋在荧幕里露过的十八线演员，杰妮也敢号称自己有粉丝，这也太搞笑了。

果不其然，在听了她的回答以后，在场的所有人都笑了。

"好了好了，你们别笑了。开个玩笑也不行吗！我在他特喜欢的剧里面演过一个小丫鬟，所以四舍五入，他就是我的粉丝！"

说完后杰妮还冲阿豪笑了笑，阿豪也是一脸宠溺地把自己的女朋友往怀里揽，在场的女生们在此时再一次发出尖叫声，羡慕之情，无以言表。

虽然这一茬在杰妮的捣乱中过去了，但我还是挺好奇阿豪是如何让一个声称自己不需要爱情的女生，转身就投入爱情中去的。

趁女生们聊天聊得火热的间隙，阿豪约我到阳台喝茶，看他熟练的泡茶姿势，我忍不住感叹：“杰妮终于转运了！”

阿豪端了一杯茶给我，笑着说：“也不算吧，如果没有她，我可能都不知道能不能活到现在。”

04

谁都没有看出来，长相阳光帅气的阿豪在认识杰妮之前是一个严重的抑郁症患者。

阿豪的不快乐来源于他从小就生活在一个把他视为全家的希望的家庭。

阿豪在很小的时候就被他的爸妈寄予厚望，别的小朋友的童年有游戏，有好友，有爸妈的陪伴，而他的童年却充斥着各种试卷资料和补习班。

念书是唯一的出路，这是他爸妈从小就给他灌输的思想。

阿豪也很努力，他直到上高中之前，只考过一次第二名，其他时候都是第一名。

而唯一的那次第二名，他回家后获得的是一顿打。

妈妈抹着眼泪说他不争气，爸爸抽着烟说他竟然才考第二名。

这对一个孩子来说，着实有些不公平。

当时的阿豪不敢当着他们的面哭，只敢晚上回到房间，把自己捂在被窝里偷偷地掉眼泪。

他恨他的爸妈，有的时候他总想着自己这么活着一点意义都没有，还不如死了算了，死了就不用学习了。

这种想法一旦滋生，就很难撤回。

阿豪开始用小刀在自己的胳膊上划口子，那种刺痛感，让他觉得放松。

上了高中以后的阿豪成了一名住校生，一个星期回家一次，要忍受爸妈的唠叨，这让阿豪十分心烦。

一回到自己的房间，他就要开始“放松”，这是他的秘密，长这么大他唯一的一个秘密。

05

高一第一次考试，阿豪又一次考了第一名，得到了班主任的表扬，同时也得到了班上一些情窦初开女生的注意。

一个长得帅，成绩又好的男生，自然会获得超乎别人的关注度，这点当时阿豪并没有意识到。

第一个来跟阿豪表白的是班上最瘦的一个女生，肤白腿长腰细，阿豪经常听到男生们议论她。女生问阿豪觉得自己怎么样，阿豪头都没抬就回她："我们不熟吧？"

这种打击对于女生来说简直就是致命的，在众目睽睽之下，男生们见状，纷纷指责阿豪不解风情，而作为当事人的阿豪还在与一道化学题死磕。

第二个来跟阿豪表白的女生是他隔壁班的一位留着齐刘海、眼睛大大的女孩子，这种可爱型的女生在高中生中还是很有吸引力的，但是阿豪反问人家："我们认识吗？"

得嘞，这么两次之后，阿豪不喜欢女生的传闻开始逐渐在学校传开。

作为一所重点高中，学校不仅仅要关注学生的成绩，更要关注学生的心理健康，很快就有老师找到阿豪，说是要跟他聊一聊。

老师给了阿豪一份很长的试卷，上面的问题与学习没有任何关系，老师再三叮嘱阿豪一定要诚实回答，阿豪点点头后便开始认真答题。

很快阿豪就答完了题离开办公室，老师把阿豪的卷子细细地看完才发现，阿豪的性取向没有问题，有问题的是其他方面。

接下来的时间经常有人看到阿豪出入老师的办公室，也不知道是从谁那里先传出来的，说阿豪有病，从此学生们看阿豪的眼神都开始有了变化。

从被众人追捧到被众人排挤，不过只一个学期，阿豪就感受到了这种变化，他好不容易在与老师的交谈中开始慢慢忘记小刀划过自己手臂的滋味，在同学们冷淡的眼神之下，他再一次拿起了小刀。

一个学期的心理辅导结束，老师们都以为阿豪已经完全好了，但只有阿豪自己明白，他对这种行为的依赖变得更强了。

06

高中三年匆匆而过，阿豪也在家人的期待之下顺利考上大学。

收到录取通知书的那天，是他这么多年见到他爸妈最开心的一天，他的脑海里突然闪过一个邪恶的念头：他的爸妈越想让他成为那种优秀的人，他就越想让他们失望。

在去大学的前一天，阿豪把行李打包好，晚上等到他爸妈都睡着了，阿豪把录取通知书撕碎放在马桶里冲了下去，然后不动声色地出了门，去了北京。

这一走，就是五年。

刚来北京的时候，阿豪没有地方去，在一家港式茶餐厅打工，包吃包住，一个月四千五，这对于当时的阿豪来说，是没有选择的选择。

阿豪是广东人，长得帅，在茶餐厅打工还是蛮有优势的，经常有女顾客跟他搭话，一听他可以讲一口纯正的粤语，都误以为他是香港人。

时间久了，阿豪在店内的人气开始逐渐变高，也有客人专门冲他来店吃饭，老板自然也是非常开心。

两年以后，阿豪升上了店长，工资涨了两千块钱。做了店长的阿豪就不用像以前一样端盘子了，他有空就往厨房跑，跟着厨师渐渐学起了做菜。

阿豪认识杰妮的那天，杰妮一个人来店里吃饭，据说那天她有个客户刚付了尾款过来，所以她就忍不住要来犒劳一下自己。

杰妮一个人点了一桌吃的，作为店长，阿豪礼貌地提醒她一个人的话可能会吃不完。

杰妮听完阿豪的话的第一反应就是："关你什么事啊，我花的又不是你的钱。"

本着要照顾客户情绪的原则，阿豪并没有因为杰妮的不礼貌而感到不快，还嘱咐厨房，给杰妮多上一份虾饺和凤爪，因为他注意到杰妮最先把这两个菜给吃完了，一定是因为喜欢。

07

杰妮见阿豪不动声色地为自己安排了这一切，心里有些过意不去，也意识到了自己刚刚说话有些过分了。

于是主动去跟阿豪道了歉。

"对不起，我今天心情不太好。"

"没关系啊，我是担心你吃得太多，晚上回去消化不了会不舒服，其实不开心的时候多吃点喜欢的东西，有利于调节自己的心情。你要加油。"

杰妮听到后，因为事业发展的前景不明朗而焦虑的心情立刻变得

明朗起来，对阿豪表示了感谢以后，又接着说：“你也是哦，其实我们每个人都有觉得特别难的时候，但是只要记得，哪怕是天暗下来，也还是会有光，那就可以撑过去了。”

在杰妮说完这句话的时候，阿豪沉默了好一会儿，才开口说：“我现在在工作不方便说太多，如果可以的话，你能给我留一个联系方式吗？我想认识你。”

杰妮也没有想到阿豪会这么直白地找自己要联系方式，如果换作是别的男生，她是肯定不会给的，但阿豪说话时语气里带有的淡淡的忧伤让她没有办法拒绝。

杰妮拿过一张餐巾纸，在纸上写下了她的电话号码递给了阿豪，阿豪非常仔细地收好，等到下班以后，才给杰妮打了第一通电话。

那天阿豪给杰妮讲了一个很长的故事，关于他无数个觉得很难的时刻，杰妮在电话那头什么话都没说，等到阿豪讲完，她已经哭成了泪人。

阿豪也没想到杰妮会有这么大的反应，他在餐厅里看到杰妮一个人吃饭，本以为她跟自己一样，可能是也有抑郁症，所以他想用他的经历来告诉她，只要努力，一切都可以慢慢地好起来。

然而他想多了，不过这样也挺好，阿豪有了第一个可以说心事的人。

从那以后，阿豪开始频繁地出入杰妮的家里，给杰妮做饭吃，刚开始的时候杰妮是拒绝的，她可是要做演员的人，怎么能如此放纵自己。

但无奈阿豪的厨艺实在是太好了，就连鸡爪都能做出好几种口味，杰妮所谓的自制力，也从那一天开始崩塌。

吃完饭后两个人有时候会在家里看鬼片，有时候会出门到附近的公园消消食，阿豪的生活变得充实了起来，这也一度让他忘记了那把藏在他枕头下的小刀。

阿豪第一次意识到自己想要好好活着，是在有一次给杰妮做泡椒凤爪，杰妮啃完后打着饱嗝说“如果没有你我该怎么办”的时候。

这是阿豪第一次觉得，原来被别人需要是这么美好。

他转头给杰妮递了两张纸巾，让她擦手，然后一脸认真地看向她说：“那你想不想要这辈子都由我来给你做饭？”

杰妮听到后只是短暂地思考了五秒钟，然后便笑开了，用同样认真的眼神看着阿豪说：“好啊。”

那一刻的杰妮，早就忘了自己说过的，事业型女性不需要爱情。没办法，谁让阿豪做的饭那么好吃，谁让那晚的月色那么温柔，谁让她明知道这个男人太有魅力还是要忍不住向他靠近。

谁知道呢？爱情不就是这样，可以让你打破所有的原则，为之付出所有的例外。

08

阿豪与杰妮这一对，他们自己总说是对方救赎了自己。

如果杰妮没有遇见阿豪，她很可能一直都浑浑噩噩地做着不切实际的梦，继续去做一个十八线的演员，拿着微薄的薪水，过着得过且过的生活。

如果阿豪没有遇见杰妮，他很可能在下一个觉得很难的时刻，无法忍受生活给予他的痛，结束了自己的生命。

而当他们相遇，他们彼此救赎，杰妮敢大胆地畅想未来，阿豪也不再害怕回忆过去，这才是爱情赋予他们两个人的唯一的意义。

现在杰妮已经有了稳定的工作，而阿豪的抑郁症也已经在慢慢减轻，他们拥有彼此的每一天，都幸福得让身边的人很是羡慕。

我们终其一生要去寻找的不过就是这样的一个人，让你在平淡的岁月里，意识到自己的伟大，然后你们相拥、你们相爱，为了彼此，伟大而又努力地去迎接更好的生活。

最后我必须澄清，事业型女性们，杰妮这个伪事业型女性的话，你们千万别当真。

愿每一个女生，都可以遇到爱情、抓住爱情。

一个男人的秘密

除了对方不爱自己，
其他任何事情都算不上辛苦。

我的好朋友大文有一个秘密，只有我知道。

这个秘密是关于一个女人，一个有孩子的女人。大文在告诉我这个秘密之前连灌了两瓶啤酒，脸都被憋得通红，我这人急脾气，见他这么痛苦，有些不忍心，先提议道：“要不你还是别说了吧。”

大文不肯，又开了一瓶啤酒喝了一口才说：“你觉得我能不能做一个好爸爸？”

“哈？你什么意思？你不是没女朋友吗？这是要奉子成婚？”

“不是。”

“那你想养宠物了？”

“也不是！”

“那你是什么意思，你倒是说啊！”大文支支吾吾的样子，简直是要把我给急死。

“我爱上一个女人，她离异，有个三岁的女儿……”

这下我是完全蒙得不知道要怎么回了。

01

大文与这位神秘女人的故事还要从他开始做地产销售说起。

由于他实在不愿透露关于她的任何消息，我就用 A 小姐来代替她的名字吧。

大文大学毕业后就进入了一家地产公司做销售，每天面对着形形色色前来看房的人，他也逐渐练就了一身特别的技能，只是跟客户聊几句，就知道这个人到底想不想买房。

A 小姐来大文他们售楼处的那天，戴着墨镜，并没有太多的表情，只说想要看看两居室的房子，问大文都有哪些户型。

大文他们的楼盘很抢手，两室的房子早就售罄了，三室的倒是还有不少。他跟 A 小姐说明了情况以后，她皱着眉头思考了一下，然后跟大文说："我不确定我手上的钱够不够，我回去看看，你的联系方式给我留一个。"

大文一听就明白了这是单大概率能做成的生意，于是立即调出微信二维码并以飞快的速度向 A 小姐做了一个简单的自我介绍。

然而 A 小姐并不是很有兴趣，心不在焉地点点头然后便匆匆离去。

晚上十一点，大文刚下班，A 小姐在微信上问他在不在。顾客就是上帝，别说是十一点，就算是半夜，上帝如果找到自己，那么大文也一定不能置之不理。

A 小姐问："你们有折扣吗？我的钱不够，还差两万，能不能给我打个折？"

打折是可以，但是大文做不了这个主，大晚上的他也不敢随便就答应，只能跟 A 小姐说明情况，表示他一定会帮她去跟领导争取。

A 小姐在微信上再三表示感谢，如此礼貌让大文有些不好意思，不禁也对她产生了一点好奇。

一个女人只身一人前来看房，也没有说要再多看几个楼盘对比一下，就已经做了决定要买。

这样的客户，如果每天都能来几个，那么他也不至于要天天工作到这么晚。

一想到这儿，大文工作一天的疲惫立即消失殆尽，他第一次如此渴望天亮。

02

隔天一早，大文到公司的第一件事就是跟主管申请折扣。

意料之中被主管批评了一顿，问他是不是每个顾客差两万块钱都可以给他打折。

大文被批评得没话说，一个人跑出去抽了根烟，手机反反复复掏出来了好几次想要给 A 小姐发条微信消息，最后还是把手机重新放回口袋，什么都没说。

他也不是刚上班，但是这么优柔寡断，觉得对顾客有所亏欠还是第一次。

以前他一直觉得，每一个来买房的人都比他有钱，毕竟别人都买得起房，但是他买不起，所以不管哪个顾客想要还价，他都从来没有理会过。

但是这一次 A 小姐一个人来一个人走的身影，总让他觉得她很孤独，这么一想，他就忍不住有点心疼她。

程一说过，当一个男人开始心疼一个女人的时候，那就是爱情开始的时候。

但当时的大文并没有思考太多，毕竟两个人只见过一面，他甚至连她叫什么、做什么都不知道。

想到这儿，他心里又轻松了很多，熄灭了烟，又从口袋里掏出了口气清新剂喷了两下才回到售楼处。

从事销售工作的人，总是从头到脚都透着精致，这是对客户的尊重，也是对这份职业的尊重。

大文刚进售楼处，就看到 A 小姐站在不远处打电话，A 小姐在专心地听电话那头的人讲话，偶尔会回一句“嗯”，纵使是在打电话，她也站得很直，透露出一种优雅。

见大文过来，她示意他等自己一会儿，见大文点头，她立马就背过身跟电话那头的人说了一句“晚点再说”然后便把电话给挂了。

大文正想着要如何开口跟她解释自己没有办法帮她拿到折扣，A 小姐就先开口说：“我刚刚听你同事说了，好像没有办法给到折扣。不好意思，给你添麻烦了，正好我也还有些别的事情要处理，等我晚点攒够了钱再来找你。”

做房产销售的每天不知道要接待多少客户，但是真正能够达成一单生意的向来少之又少，大文早就看开了。

然而像 A 小姐这样不买房还来跟他说抱歉的人，是真的不多。

“没关系，是我很抱歉没能帮上你什么忙，如果接下来还有购房打算，随时联系我就好。”

见大文这么说，A 小姐点点头说了声谢谢，再一次匆匆地离开了售楼处。

03

那一次之后，大文与 A 小姐之间本该再无什么交集，大文对 A 小姐的好奇也逐渐随着时间的流逝而慢慢消失。

他依旧每天早出晚归，忙得像只陀螺，依旧要面对形形色色的客户，跟他们磨破嘴皮子才得到对方一句“我们考虑看看”。

每当这个时候，他就会想起 A 小姐，那个神秘又温柔的女人，不知道她后来过得怎么样，还会不会总是一个人匆匆地去很多地方。

这么一想，正在上班路上的大文就在一群看热闹的人里一眼认出了 A 小姐。她在看热闹的人的中间，作为当事人，没有大喊大叫，只是安静地站在边上流泪。

反观停在她旁边车里正在接受别人指指点点的那对男女就没有她那么淡定了，男人皱着眉头呵斥着向他们扔菜叶子的路人，女人在有

放眼望去这一生，我们不是在珍惜，

就是在失去。

各种不明物体飞到她身上的时候，发出刺耳的尖叫。

不知道是谁报的警，警车很快就来了。明眼人都能看出，这出戏的名字是端庄原配大战不入流的小三。

而 A 小姐便是这位端庄的原配。

大文不知道这个时候应不应该走近，也不知道该不该去把她从是非之地带出，他只知道她现在一定很孤单，自己的老公哪怕是被众人指责，依旧护着别的女人。

警察来了，看热闹的人也开始逐渐退去，在车里被砸得满头鸡蛋、菜叶子的男女像抓住救命稻草一样，开始跟警察哭诉他们所受到的一切待遇。

警察并没有理会他们嘴里所说的闹剧，而是主动走到 A 小姐的身边问她还好吗。见她点点头，便让她跟着一起去一趟公安局。

三个当事人陆续上车，围观的人群也全部散了，大文这才反应过来他上班要迟到了。

好在售楼处就在附近，待他小跑到公司，发现公司的女同事们也正在议论刚刚看到的精彩的一幕。

大文也是从那一刻开始，对 A 小姐有个最初的了解。

04

A 小姐与她的老公是大学同学，两个人刚毕业就结了婚，隔年 A

小姐就生了个女儿，这放在任何一个家庭都应该是一件喜事，但是在A小姐家里，不算。

她的婆婆是一个重男轻女的人，A小姐刚出月子就开始各种催促A小姐生二胎。A小姐刚生完孩子元气还没怎么恢复，自然不会同意婆婆如此无理的要求。

谁知道她的婆婆从此就开始在自己的儿子面前各种说儿媳妇不够孝顺，刚开始老公还会站在她这边帮她说话，但是时间久了，他也失去了耐心。

他开始指责她处理不好婆媳关系，A小姐打心底觉得自己无辜。

一次是这样，两次是这样，每天都这样，两个人之间的感情也逐渐发生了变化。她老公总是觉得家里的气氛未免太过压抑，于是本该下班回家，变成了下班去酒吧。

那个女生便是他在酒吧认识的，刚开始他还有些负罪感，觉得自己对不起老婆和女儿，但是一回生，二回熟，到了第三次，他就再也没有愧疚之心了。

A小姐是在三个月以后发现这件事情的，俗套的剧情，她从老公的口袋里摸出一张购物小票，一条钻石项链，很显然不是买给她的，因为她没有收到。

摸出购物小票的当天，A小姐就去了大文他们的售楼处开始看房，她得为自己和女儿考虑。

看完房子以后她回家跟她老公正式提了离婚，但是她老公不同意，说自己没有做对不起她的事情，这让她非常愤怒。

隔天她再一次去看房，朋友提醒她一定要在办完手续后再离婚，不然属于婚后财产还要分割。

A 小姐这才从售楼处匆匆离开，给了大文一个匆匆的背影。

后来的故事大文也差不多猜到了，A 小姐把自己的老公抓了个现行，终于顺利离婚。

05

离婚后的 A 小姐分到了家里的房子，但她再一次来到了售楼处，找到了大文，全款买了一套小三居，把大文弄得措手不及。

大文一个上午都在忙着帮她办理各种手续，直到中午，两个人才忙完，终于可以暂时喘口气。

A 小姐再三向大文表示感谢，大文也一直回复“不客气”“应该的”。

差不多也到饭点了，大文借机问 A 小姐的午饭打算怎么解决。A 小姐看了手机上的时间，一脸抱歉地跟大文说：“今天我女儿在我前夫家，我跟她说好了中饭后去接她，所以我现在要过去了，改天我再请你吃饭。”

大文也没有想到 A 小姐能这么快就领会自己想要跟她一起吃饭的目的，也许这就是成熟女人不一样的魅力。

把 A 小姐送走后大文一直恍惚不定，整个下午都不在状态。

一个男人爱上一个女人，这是一件再正常、再简单不过的事。

但是事情到了大文这里，就变得没那么简单了。

他爱上的女人，曾经对爱情与婚姻失望，哪怕他有百分之百的信心给她幸福，但是她不见得有百分之百的信心愿意接受。

一想到这里，大文就变得慌张，不知道到底该怎么办。

“你真的觉得自己喜欢她？”

人这一生总有那么几次难忘的心动，但并不能称为爱情，大文与A 小姐也只不过见了几次，所以我也不确定他对她到底是何种心动。

“我很确定，那次看到她一个人站在人群中掉眼泪，你不知道我当时有多么气愤，恨不得上去踹几脚那个把她弄哭的人。”

“那你想过吗？她还有一个孩子。”

“我当然想过，可那又怎样？”

这才叫爷们！冲这句“那又怎样”，我也要挺大文！

“程一，你应该比我明白，爱情这东西呢，不是人人都能碰到的，既然我有幸碰到了，那么我就想好好争取一次，我才不管她有没有孩子、有几个孩子，我只希望她能过得好，当然，这个好，只能我来给。”

06

爱情始于冲动，大文对于 A 小姐有足够的冲动。

爱情也浓于冲动，大文对于A小姐的爱意随着这场冲动逐渐变浓。

大文在正式追求 A 小姐之前做了不少铺垫，以前最不喜欢小朋友的他，愣是硬着头皮每周都陪自己的小侄子玩三个小时，家里人都以为他转性了，谁知道他的最终目的是与别人家的孩子亲近。

大文第一次约 A 小姐，是在 A 小姐从售楼处离开的第三个月。

他买了三张游乐园的票，说是公司活动，问 A 小姐有没有空来取一下。

A 小姐本来没什么兴趣，但是女儿在旁边一直念叨想去，于是她便过来了。

担心露馅，大文没敢约在售楼处，跟 A 小姐说他在公司对面的咖啡店见客户，等她来了直接过来就行。

大概半个小时以后，A 小姐的身影便出现在了咖啡店的门口，她手上牵着的小朋友看起来心情很好，瞪着圆圆的眼睛不断地张望着，大文当时心里就在想，这如果是我的女儿，该有多好。

A 小姐的女儿长得很像她，但是性格与妈妈完全不一样。

A 小姐是温柔沉静的，而她的女儿却活泼得很，总有说不完的话。

“叔叔，妈妈说你要送我们礼物是真的吗？”

“叔叔，我妈妈很胆小，她去游乐园只敢坐旋转木马。”

“叔叔，你会跟我们一起去玩吗？”

很难想象这么一个小人儿竟然能成为自己的助攻，大文看了一眼 A 小姐，A 小姐面对如此尴尬的问题，依旧没有一丝的慌乱，而是说：“确实有些浪费了，我们家只有两个人，你却给我三张票。如果你有空的话，可以跟我们一起去玩。”

大文听完后心里一阵窃喜，连忙点头说：“好吧。”

A 小姐的女儿听说叔叔要跟她们一起去，人小鬼大地凑到他的面前，跟他说："我们分一下工，妈妈保护我，你保护妈妈，好不好？"

07

大文与 A 小姐和她女儿的游乐园之旅定在三天后，特地避开了周末，大文的假很好批下来，游乐场的人也不是很多。

小丫头当天穿了一件黄颜色的卫衣，戴着一顶鸭舌帽，很是抢眼，一见到大文就笑得十分开心地问："叔叔，我今天好不好看？"

大文这个钢铁直男被问得心里一片柔软，忍不住蹲在小姑娘的面前，笑着跟她说："你每天都很好看，今天非常好看。"

A 小姐在一旁笑着看着他们俩，虽然不知道她在想什么，但是大文有预感，她这么聪明的一个人，一定知道他在想什么。

小姑娘实在是太小了，能玩的项目也不多，来之前她嘲笑妈妈胆小，但是她自己其实也只敢坐坐旋转木马，还非拉着他陪她一起坐。

大文有些不好意思，但还是选了跟她相近的位置坐了下来。A 小姐站在外面，给女儿拍了很多照片，大文很想去问问她，有没有拍到他。

三个人顶着大太阳玩了一个上午，小姑娘终于累了，喊着要吃冰激凌。

A 小姐难得一见的语气生硬，不管她怎么闹都不答应她，小姑娘见在妈妈那里行不通，又眨巴着眼睛可怜兮兮地看着大文。

A 小姐冲大文皱皱眉头，示意他不要答应，他递给她一个眼神表示自己知道了。

然后就见大文再一次蹲在小姑娘的面前，问她："在家里谁说了算？"

小姑娘回答说："妈妈，我们家所有人都听妈妈的。"

"我也听妈妈的。"

这句话说完，大文特地看了一眼 A 小姐，她的脸果真红了一片，还把头转向别处，不去看他。

大文见状，心里乐得不行，这就是追求聪明女人的好处，她明白你的每一个眼神、每一个动作所传达的每一个信号。

小姑娘听了以后噘了噘嘴巴，又跑去抱住妈妈的腿说："妈妈，我想喝水。"

女儿肯听话，A 小姐就放心了，赶紧从包里掏出水杯递给她，小姑娘喝了两大口才过瘾，看来是真的渴了。

08

大文的第一次约会情况，比他想象中还要好。

把 A 小姐和小姑娘送回家后，他心情大好，给我打电话来说："程一，我觉得我可以做一个好爸爸。"

如大文所说，追求一个成熟女人的好处就是不需要有太多迂回的心思，对方就能明白。

但同样地，成熟的女人考虑问题的时候往往更加冷静全面，少了一点冲动。

所以大文哪怕觉得自己可以做一个好爸爸，也并不觉得自己在A小姐的面前有太多的机会。

因此两个人之间的互动大多数都在A小姐的朋友圈，她偶尔会发一些与女儿有关的东西，他总是在第一时间点赞评论，A小姐也都会及时地回复他，除此之外大文并不敢轻举妄动。

直到有一天，大文收到了A小姐的微信，没有任何文字内容，全是表情包，不用说也知道，肯定是她女儿在用她的手机乱点。

那么多的好友，能被小丫头点中，这算不算是他们的缘分？想到这里，大文心里一片愉悦。

给A小姐打了一条语音电话过去，电话刚接通，就听到小丫头在那头说："你是谁呀，我妈妈在做饭。"

"妈妈今天做什么饭？"

"我也不知道，妈妈做的饭都很好吃，你想尝尝吗？"

还没等大文回答，他就听到A小姐在电话那头温柔地说："宝贝，你在跟谁打电话，把手机还给妈妈。"

"是叔叔！上次跟我们去游乐园的叔叔！"

大文惊讶于小丫头的好记性，真没想到一个三岁的孩子过了这么久还能凭自己的声音记得自己。

"喂，不好意思啊，我女儿在用我的手机乱点，是不是打扰到你了？”

A 小姐的声音从听筒里传来，煞是好听，大文的心都要化了。

“没关系，她说你在做饭，不然你先去忙吧。”

“好，我锅上还炖着汤，那我先过去了。”

纵使大文不舍，也还是跟 A 小姐道别后把电话给挂了。

不知道她炖的是什么汤，不知道他有没有这个机会喝到她炖的汤。

09

促使两个人感情升温的关键是大文不幸被流感击中得了一场重感冒，高烧三十九摄氏度。

凑巧的是 A 小姐有个朋友想要买房，托她问一下他，他们楼盘是否还有房子。

大文少有的回复缓慢，因为他正在医院打着点滴，只能用左手打字。

A 小姐也是少有的着急，问他在不在售楼处，打算跟她朋友过去看看。

大文十分心机地给 A 小姐拍了一张自己正在打点滴的照片过去，A 小姐果然中计，问他怎么了。

大文做作地回复说：“小感冒。”

小感冒怎么可能用得着打点滴，A 小姐也是猜到了他病得不轻，于是问他在哪家医院，说要过来找他。

大文也不知道她是为了看他，还是为了了解房子的情况，但这不影响他又一次可以见到 A 小姐了。

A 小姐来得很快，印象里她总是很准时，没迟到过。像这样有时间观念的人原则性都很强，大文在心里暗自盘算着。

A 小姐到的时候大文刚换上最后一瓶吊水，她在他的旁边找了位置坐下，还带了一只保温壶，说是恰好今天煮了粥，给他带了点。

这话大文是相信的，毕竟这么短的时间她也没办法单独去为自己煮粥。

两个人坐下来后反而没有什么话说，最后还是 A 小姐先开口说：“最近天气多变，你多注意身体。”

“我没事，你们才应该多注意。”

A 小姐心里明白他说的你们，还包含了她的女儿。

她深知自己女儿招人喜欢，但是这种喜欢不能成为被包容的原因。毕竟在她上一段婚姻里，就因此而被冷落过。

“谢谢你，但也仅是谢谢而已。”

A 小姐第一次这么认真地看着大文，视线如此直接地落在大文的脸上，大文并没有躲闪，他知道这一刻如果他躲了，那么未来他将失去所有的机会。

“不需要，是我自愿的。”

“年轻的女孩那么多，你可以去谈一场没有负担的恋爱。”

“我喜欢你，也喜欢你的女儿，我不认为我与我喜欢的人在一起会有什么负担，也请你不要有任何负担。”

10

我的好朋友大文有一个秘密，一个只有我知道的秘密。

这个秘密关于一个女人，大文追求了三年仍旧未能转正的女人。我问他是否辛苦，他说如果你爱过一个人，你就会知道，除了对方不爱自己，其他任何事情都算不上辛苦。

而他不觉得辛苦。

其实A小姐也并非没有给过他任何回应，她说希望可以等女儿长大一点再来考虑这个问题，她担心女儿以后会责怪自己。

但是大文不这么认为，他一直都知道，他可以做一个好爸爸。

再过一年，A小姐的女儿就要上小学了，到那时，我大概就可以喝到大文的喜酒，顺便抱一抱他的女儿，然后告诉她，你有一个超棒的爸爸和一个超酷的妈妈。

而我是你超帅的程叔叔，嗯，不接受任何反驳。

再见，前任

真的要说声再见了，
青春。

上大学的时候，我有三个室友，年纪最大的我们都喊他老大，有一个小名叫二筒的，我们也就喊他二筒，还有一个叫蔡纪，他爸姓蔡，他妈姓纪，所以他叫蔡纪，我们都叫他菜鸡。

大一开学的第一个晚上，关上灯后，我们这四个来自五湖四海的年轻人第一次在一间屋子里感受着彼此的呼噜声和沐浴露味，还有些羞涩。

睡在我下铺的菜鸡说：“你们当初都为什么想来广院？”

二筒说：“我随便考的，没想到就考上了！”

我说：“为了梦想。”

本以为到了我这里已经够浮夸了，没想到老大比我更浮夸！

“为了信仰！”

理所当然地，老大得到了我们一致的吐槽，但是那会儿他没说，他所谓的信仰是一个女生，一个长得特别好看的女生。

这么一打岔，我们都忘了问菜鸡为什么想要来广院。一直到了后来，我们发现菜鸡对于游戏的热爱超出了所有的一切，我们开始怀疑，或许他是为了广院的网速来的吧。

菜鸡什么都菜，只有打游戏不菜。

大三的某一天，菜鸡突然在宿舍宣布他恋爱了。本着人道主义精神，我一定要解救这位想不开的少女，所以追问了很久菜鸡撩到的到底是哪个系的妹子。

然而，菜鸡嘴巴是真紧，无论我们怎么威逼利诱，他打死都没说，于是我们想了一个办法，那就是跟踪。

但是由于菜鸡太爱打游戏了，基本不出门，让我们想跟踪都跟踪不了，于是此计划就这样耽搁了下来。

夏天天气热，我们没人想去食堂吃饭，都躺在宿舍的床上吹着电风扇想着等到谁扛不住饿的时候去食堂了，帮我们顺带一份。

有一天，我们四个人的肚子都已经饿得叫个不停了，老大说："二筒，你去吃吧。"

二筒说："我不饿，程一你去吧。"

我说："我也不饿，还是菜鸡去吧。"

本来以为菜鸡会说"我更不饿，老大肚子叫得那么响，还是老大去吧"。

而最后老大会长叹一口气，然后把我们全都数落一遍以后，认命地从上铺爬下来去食堂给我们买饭。

令我们都没有想到的是，菜鸡竟然说："你们吃啥，我去买。"

这也太不正常了！我赶紧跟老大对视了一眼，然后一人要了一份食堂的宫保鸡丁盖浇饭，二筒智商不在线，非要吃经常要排队的煲仔饭！

本以为菜鸡会发脾气说不去了，结果他说了一句“好的”，就拿起了饭卡出了门。

这哥们是真的不正常！

说时迟，那时快，我和老大只用了十秒就从床上翻了下来，穿了双拖鞋便匆匆下楼，展开了我们早就制订好但来不及执行的跟踪计划。

但是菜鸡并没有往食堂走，而是直奔女生宿舍，我和老大猜得果然没错，菜鸡这么反常的确有问题！

我和老大一路上跟着菜鸡，看到他打了一个电话，具体说啥我们听不见，毕竟为了不让菜鸡发现，适当的安全距离还是要的。

打完电话后，菜鸡在女生宿舍八号楼楼下停了下来，我跟老大再次对视了一眼，然后继续躲在暗处观察着。

大概三分钟的样子，一个穿着黑色背心和蓝色牛仔短裤的短发女生从楼上下来走到了菜鸡面前。距离太远，我看不清女生的脸，老大那个近视八百度的视力就更别提了，但是我注意到，那个姑娘的腿，真是又细又长！

真是可惜，多么好的妹子，就是脑子不太好使，竟然跟菜鸡谈恋爱。

很快菜鸡跟妹子就有说有笑地走了过来，我跟老大被吓得差点要躲到花园里，好在他们俩眼睛里只有彼此，并没有发现我们。

待妹子走近时，我赶紧睁大了双眼看了一下：这不是我们隔壁班的班花吗！菜鸡跟她谈恋爱？这怎么可能呢！

班花名叫陶素，跟菜鸡是一百个、一千个、一万个不搭。

凭什么一个天天在宿舍打游戏的人可以泡到班花，而我却依旧一年又一年地刷新单身狗的时长？一想到此，我真是意难平啊！

想来老大也是一样，所以在回宿舍的路上，我们俩一句话都没说，二筒问我们俩干啥去了，我们俩也还是一句话都没说。

一个半小时以后，菜鸡终于回来了，有了女朋友以后就是不一样了，买个饭竟然买了快两个小时，二筒边从菜鸡手里接煲仔饭边说：“鸡，是不是买煲仔饭的人太多了，你辛苦了。”

菜鸡嘿嘿一笑，啥都没说，吹了声口哨把宫保鸡丁盖浇饭放到了我和老大的桌上，示意我们该吃饭了，然后就走回了自己的桌子前打开了电脑，戴上了耳机开始打游戏。

二筒往嘴里猛塞了一口煲仔饭，对着菜鸡说：“鸡，我有个副本打了好几天了还没过，你一会儿帮帮我呗。”

戴着耳机的菜鸡好像并没有听到，但是向来表情不多的他，此时竟然对着电脑屏幕笑得春风满面，也不知道是为什么。

想来是和陶素有关吧。

我是一个藏不住事的人，总想着找个机会问问菜鸡他到底是如何勾搭上陶素的，但是老大一直拉着我不让我问。说来也有点奇怪，明明老大跟我一起跟踪了菜鸡，为啥回来后他就像没有发生过这件事一样，绝口不再提起。

我第一次觉得我的智商跟二筒一样不够用。

终于逮着一天，老大去做兼职了，二筒去参加社团活动，宿舍里只剩下了我和菜鸡，到了午饭的点，我问菜鸡：“你饿吗？”

菜鸡回我说：“还是宫保鸡丁盖浇饭吗？”

“盖你大爷，说说你和陶素呗，你是咋搞定人家的？”

听了我的话后，菜鸡本来笑嘻嘻的脸突然僵住了，过了半晌才回我说：“这事只有你知道吗？老大知不知道？”

我几乎想都没想就说：“对啊，只有我知道。”

菜鸡听了我的回答后明显地松了一口气，然后开口说：“那就行，我怕老大会不开心。”

“为什么啊？”

“你不知道啊，他和陶素是高中同学，他就是因为陶素才来的我们学校。”

这叫什么事？老大不是为了信仰来的吗！他的信仰啥时候变成陶素了！

当我从这场震惊中慢慢缓过神来的时候，菜鸡才接着说：“程一，亏你一天天还励志要做情感节目主持人呢！就你这迟钝样，我看你这辈子都别想红！”

哼，我迟钝咋了，我不会和自己兄弟抢女人！难怪菜鸡这家伙要瞒着我们，原来他这是动了老大的女人啊！

“那你说说，你俩到底是怎么好上的！”

“那什么，我们是网恋。”

“网恋？！一个学校的你们还网恋？”

“是啊，我们俩游戏一个区的，我们是在游戏里认识的，加了QQ才知道原来我们是一个学校的，于是就这样聊上了，聊着聊着就聊出感情了呗，我也没想到她是陶素啊。”

“那后来你知道了呢？还不是跟她在一起了吗！”

“程一，我喜欢她，不会因为她是陶素我就不喜欢了，我就自私这么一回，没错吧。”

说真的，菜鸡说出这句话的时候，比我更像是一个情感节目主持人。

然而事情发展成这样，我夹在中间是真的有些难办。一方面我得在老大面前装作一切都不知道的样子，另一方面我还得在菜鸡面前装作老大不知道的样子，一人分饰两角，真的太累了。

直到有一天半夜，菜鸡的手机突然响起来，把我们一个宿舍的人都吵醒了就他没醒，见我跟二筒都没有起床的想法，老大迫于无奈起来去菜鸡的床上摸手机，打算把他的手机给关机，好让我们继续睡。

谁都没想到电话竟然是陶素打来的，老大喜欢她那么多年，自然非常了解她的性格，想着那么晚肯定有急事，于是就接了电话。

“蔡纪快到人民医院，陶素肚子疼得厉害，我们刚刚把她送来医院了，医生说是急性阑尾炎！”

电话是陶素的室友用陶素的手机打来的，老大一听，赶紧把菜鸡给摇醒，菜鸡迷迷糊糊地问：“咋了，副本过不去吗？”

“狗屁的副本！陶素急性阑尾炎，正在做手术呢，你给我起来去医院！”

老大几乎是吼着把话说完的，这一吼把菜鸡吼得睡意全无，穿了双拖鞋就准备往外跑，然而他还没拉开宿舍的门，就被老大一把拉住了。

“我这卡里还有三千块钱你拿着，有需要你就用，密码是陶素的生日！”

老大说完后就把卡往菜鸡手里塞，菜鸡迟疑了片刻才握紧手里的银行卡说：“谢谢兄弟！”

然后便跑了出去，楼道间也配合地响起了一阵跑步声。

等菜鸡走远，周边渐渐安静了下来，老大才回到自己的床位上，对我和二筒说：“睡吧，天亮还早着呢。”

天亮还早着呢，可是老大怎么都睡不着了，直到收到了菜鸡的短信说没事了，才没有了他翻身的动静。

陶素养了一个星期便出院了，菜鸡成了一个“二十四孝男友”，不知道在哪儿搞了一个锅，天天在我们宿舍炖各种汤给她送去，说是要给她补身体。

学校不让用大功率电器，超过一定的功率就会跳闸，我们宿舍的电被菜鸡煲汤煲断过三次以后，他要求我们热就去图书馆吹空调，然后把宿舍其他电器都给关了，专心给陶素煲汤。

什么排骨汤、猪蹄汤、鸽子汤菜鸡全部煲过，但是除了陶素我们谁都没有尝过到底好不好喝。

到了大四，我们都该出去实习了，只有菜鸡大学四年前两年打游戏，后一年谈恋爱，专业课学得不好，迟迟找不到实习单位。

有一天，老大下班回来，撞见菜鸡正在跟陶素打电话，并在电话里向陶素保证一定会好好投简历，当时他什么都没说，第二天就跑去问公司的总监，还招不招实习生，说自己有个同学人很踏实，推荐他来。

于是菜鸡就这样成了老大的同事，直到毕业，两个人一起转了正。

答辩完的那天，我们宿舍四个人聚餐，毕业季，学校附近的餐厅都爆满，好不容易找到一家川菜馆还有位置，我们赶紧坐下点菜，人多上菜慢，只能干坐着闲聊。

菜鸡说这顿饭必须他来请，就当是为了感谢老大。

我跟二筒愤愤不平地说："难道我们不照顾你吗？"

菜鸡冲我们翻了个白眼，然后端起酒杯要敬老大。

"兄弟，我先敬你一杯！"

老大也爽快，什么都没说，跟菜鸡碰了一下酒杯，两个人就都一口喝光了杯子里的酒。

"这一杯，是我替陶素敬的，她本来今天要来的，但是她明天才答辩，所以我让她早点睡去了。"

"行！"

咕噜咕噜，两个人又是一口喝掉了一杯，我跟二筒两个酒量不佳的人在旁边看得有些傻眼，只是催服务员赶紧给我们上菜。

服务员上的第一个菜是宫保鸡丁，我和老大最爱吃的菜，我给老大夹了块鸡丁示意他吃点菜再喝，毕竟酒量再好的人，也经不住这么喝啊。

那天晚上我们四个人喝了三十瓶啤酒，我和二筒每人三瓶，剩下的全部进了老大和菜鸡的肚子里，我真的怀疑他俩是不是属水牛的。

我和二筒扶着两个摇摇晃晃的人回宿舍，熄灯后，回想起四年前我们刚认识的时候问彼此为什么要来广院时的场景，我总觉得时间太

一旦匆忙，我们就很容易做很多让自己后悔的事，

比如匆匆相爱，比如匆匆告别。

过残忍，还不等我们好好享受当下，一切都已经成了过去，而未来的一切都仿佛近在咫尺，又远在天边。

老大大着舌头说：“菜鸡，你好好对她，结婚的时候，我去给你当伴郎。”

菜鸡也大着舌头回复说：“行，咱说好了，不准抢婚！”

说完后两个人就都没再说话，搞得有很长一段时间，我还有点期待菜鸡和陶素结婚时看老大穿着伴郎服站在他们身边的样子，看看他到底会不会抢婚，毕竟那天晚上，他并没有答应菜鸡。

酒精上头，大家很快就都进入了梦乡，到了后半夜，我们寝室的厕所就没空过，老大和菜鸡轮流占用，我跟二筒紧随其后。

我大学毕业后没有留在北京，一路跌跌撞撞，不知道去了多少城市，与他们的联系也渐渐地变少。

后来我做了“程一电台”，把节目分享到宿舍微信群里，他们成了我的第一批听众。

那会儿菜鸡已经转行去了游戏公司做策划，二筒也在家乡的电视台混得风生水起，只有大哥依然待在毕业时的单位。

有的时候我觉得人的性格真的可以决定很多东西，比如我热爱自由，就注定不会随便停留，比如老大，执着、专一，于是才能为了陶素来到北京，又一直在同一家公司待了这么久。

二〇〇五年，菜鸡和陶素分手，菜鸡喝得烂醉半夜打电话给我说：“别人不理解我也就算了，为什么她也不理解我。我喜欢游戏啊，她以前也喜欢啊。”

隔着听筒我都可以感受得到他的无奈与痛苦，这是一个正值追求梦想的年纪，菜鸡没有错；这也是一个想要稳定的年纪，陶素也没有错。

我好不容易把菜鸡安慰去睡后，老大的电话又打了进来。

“你小子是不是谈恋爱了，跟谁打这么久的电话，我足足打了一个小时才打通！”

“忙着搞事业呢，哪有时间谈恋爱！是菜鸡，等等，你俩不会是因为同一件事给我打的电话吧！”

“你这么一说，很可能是。刚刚陶素找我了，说她觉得跟菜鸡在一起没有未来，他们都在一起五年了，怎么会没有未来呢！”

“哥，你还喜欢她吗？”

“谁？”

“还能有谁！”

“你说陶素啊，嘿！”老大在电话那头恍然大悟道。

“当然是她，不然还能有谁！”

“程一，怎么说呢，我一直觉得喜欢这件事是很复杂的，我上高中的时候就喜欢她，每天给她买早饭，帮她做值日，她皱一下眉头我就知道她可能是来例假了，肚子痛。但我那么喜欢她，我也从来没有问过她，能不能做我的女朋友，因为我总觉得自己配不上她，所以我就想着，等我变得好一点再说吧。于是我努力学习，跟她上同样的大学，我就这么等啊等，没想到等到有一天，她跟我哥们谈恋爱了，还是一个平时有点不着边际的哥们。刚开始的时候我就在想，菜鸡到底哪里好，陶素怎么可以跟他在一起。后来我才明白，爱情不是讲究谁

好，才去喜欢谁，而是喜欢谁，谁就好。我是真心希望他和陶素能好好的，因为他们都是我喜欢的人，呸，我对菜鸡可不是那种喜欢啊。”

这大概是我认识老大这么多年，第一次听他说这么多的话，也是我第一次明白，原来这个不善言辞的男人，心里藏了那么多善良的秘密。

二〇一七年，陶素结婚，邀请菜鸡和老大一起参加，听说新郎是一名律师，老大边念叨着律师好啊，边拉着我给他挑衬衫。

菜鸡更扯淡，竟然问我能不能跟他一起去，看他神经兮兮的样子，我就知道，他大概还是没有放下。

我和陶素不熟，我自然不会真的跟他们一起去参加她的婚礼，最后老大和菜鸡两个人一起结伴同行，想来也觉得有趣，当新娘看到，这个世界上曾经对她最好的两个男人站在她的面前时，不知道会不会有所感叹。

婚礼的中途，我给菜鸡发消息说：“你拉着点老大啊，别让他做出冲动的事。”

菜鸡说：“妈的，你怎么不让老大拉着点我，我才想冲动呢！”

发完这条消息后，菜鸡就再也没有回过我，老大也是一样。

这俩家伙不会真想不开吧？一想到这儿，我就赶紧开着车到了陶素办婚礼的酒店。我到时，婚宴刚刚结束，陆续有宾客往外走，我瞪大眼睛找到了老大和菜鸡，跟毕业那年一样，他们两个人已经喝得烂醉，抱在一起大着舌头有说有笑。

这会儿陶素正与她的老公站在大堂送客人走，多年不见，她换掉了留了多年的短发发型，看起来越发明艳动人，果然是我兄弟们爱过的女人，够美！

她倒是很快就认出了我说："好久不见啦，辛苦你照顾好他们俩啦！"

我点点头，还不忘打量一下她的律师老公，看起来应该是比我们都大几岁，发际线已经开始有点后退，没有大哥高，没有菜鸡帅。

"祝你新婚快乐，早生贵子。"

留下了这句朴素的祝福我就一手扶着老大，一手扶着菜鸡出了酒店。

我这人有点洁癖，绝对不允许有人在我的车上吃东西，而这两个醉鬼在我车上的每分每秒，都仿佛要在我车上吐东西，吓得我油门踩得飞快，赶紧把他们俩往大哥家里送。

好在他们也没有真的醉死过去，尤其是大哥，意识还算是清醒，时不时地还要给我指个路。

"程一，哥们今天可出息了！我们俩今天喝倒了四个伴郎！"

"有啥用呢，新郎不还好好地站在人家陶素的身边吗？"

"你不懂，至少这么做，我心里踏实，我觉得菜鸡也是。"说完后他打开了车窗独自吹风不再跟我说话了。

其实我懂大哥说的是什么，对于大哥和菜鸡来说，陶素是他们最真切的青春，他们爱她，也尊重她的选择，哪怕他们舍不得她，但是也终归觉得只要她幸福就够了。

后来我问过菜鸡，他是如何忍住了当初的冲动。

他回答我说：“如果你爱过一个人你就会明白，你看她一眼，你就知道她爱不爱你，那天她看我时，我就知道了，她不爱我了，我再也没有机会了。”

我接着问：“那你后悔过吗？当初如果不去做游戏呢？或许你们就不会分手，她也不会嫁给别人。”

“别问了程一，我们都朝前看吧。”

那就，全都朝前看吧，大哥如此，菜鸡如此，陶素也是一样。

祝我们所有人，都可以在未来过得很好。

这一次，是真的要说声再见了，青春。

这次不一样

爱情大概就是有这种魔力，
让我为了你，心甘情愿地去做一些勇敢的事。

我的朋友波波开了一家奶茶店，新店开业的那天，喊我去店里喝奶茶，并让我特别关注店长，说是他花了重金挖过来的。

我对喝奶茶没什么兴趣，但是对奶茶妹妹很有兴趣。

所以开业当天，我给公司的同事放了一天假，让他们一起去波波的店里喝奶茶。

我们公司也有小三十人，排在波波的店门口很壮观，不到一会儿，就有爱凑热闹的路人跑来问："这家奶茶店的奶茶好喝吗？你们都在这儿排队。"

我们同事齐刷刷地点头，回答："好喝！赶紧来买！"

人越排越多，波波兴奋极了，让店长给我的那份奶茶里加了三倍的芝士，我本来想拒绝的，无奈店长奶茶妹妹的笑容实在太甜，我一下子就给忘了。

波波的奶茶店开业当天营业额就破了万，为了庆祝，波波晚上要请店员吃饭，也带上了我。

我刚入座，波波就让奶茶妹妹坐到我隔壁的位置，并笑得贼贱。

那样子，活像一个刚拐卖了良家妇女急于出手的人贩子，看得我后背直冒冷汗。

好在奶茶妹妹并不介意，在我旁边的位置坐下后，还特有礼貌地跟我说：“程老师，您不介意吧？”

瞧瞧人家这素质，比波波不知道要强多少倍，他说奶茶妹妹是他花了重金给挖过来的，我完全相信。

晚饭吃得非常愉快，波波对店员们很大方，要什么给点什么，大家都对他这个老板很满意，气氛非常融洽。

倒是坐在我旁边的奶茶妹妹从头到尾什么话都没说，只是偶尔夹几筷子菜，吃得极少。

我得空了问她：“你咋都不吃东西？”

她笑着回我说：“太晚了，我怕胖。”

我细细地打量了一下奶茶妹妹的身材，就差瘦成皮包骨了，还怕胖，这让别人该怎么活啊。

这时候，波波突然举起酒杯要跟我喝一杯，我与奶茶妹妹的对话就此打住，直到饭局结束，也没能再说上话，这让我很遗憾。

那天过后，波波的奶茶店就正式步入正轨了，都说做老板的比做员工还累，我是感受到了，但同样作为老板的波波，明显感受不到。

自从开了奶茶店以后，他就经常到处乱晃，一会儿朋友圈定位是某高级西餐厅，一会儿又会发一条微博晒电影票。我不禁感叹，同样是老板，为什么我就要每天待在公司录音、开会。

气不过的我给波波打了个电话，问他为何可以这么潇洒，电话那头的波波一副没睡醒的样子，听得我更加生气。

“程一，你别气啦，谁让哥们运气好呢，遇到一个这么好的店长，啥事都不用我操心，她一个人就能把店打理得妥妥帖帖，哥们开心！幸福！”

波波讲话实在是太欠揍了！跟他继续聊下去我很可能会被气死，于是我挂了他的电话，去他的店里打包了二十杯加了三倍芝士的奶茶记在了他账上，这才解了一小部分的气。

奶茶妹妹见我来了，主动跟我打招呼，对我说：“程老师今天不忙吗？”

“忙啊，但是喝奶茶的时间还是有的。”这话说完我就感觉到了自己不要脸。

“那以后你可要经常来，你的那份我不给你加芝士。”说完后她还冲我挤了一下眼。

难怪波波说自己花了重金才把她挖过来，我不过是在开业的那天来过店里一次，别人都没注意到我其实没那么喜欢芝士奶盖，她却全都看在了眼里，这察言观色的本事，可不是每个人都能学会的。

我服。

拿上了奶茶妹妹帮我打包好的奶茶，我跟她说了声谢谢就回了公司继续跟同事开会，然后给波波发了条信息表示，如果哪天他的奶茶店开不下去了，记得让奶茶妹妹来我们公司上班。

波波没有回我，不过到了晚上，我接到了波波的电话，电话那头很吵，听得出来奶茶妹妹已经尽力找了一个略微安静一点的地方跟我讲话了。

万事都有时效性，心情也是如此，

不用总想着要一辈子都快乐，太难了。

“喂，程老师，我是甜蜜，老板他喝醉了，我一个人有点弄不动他，你能不能来帮我一下？”

甜蜜是奶茶妹妹的真名，我跟波波一直叫她奶茶妹妹，都差点忘了她的名字。

甜蜜的名字甜，声音也很甜，如果不是她给我打这通电话，我指定不会去接波波，因为这家伙喝多了是常事，手机随便按一个号码就会有人愿意来接他回去，压根儿用不着我去。

可既然甜蜜说了，那我就不得不去，毕竟一个小姑娘在酒吧那地方，的确有些不安全。

在去酒吧的路上，我一直在想：就算波波喝多了，可为什么甜蜜会在他旁边，难不成这两人之间不仅仅是老板与下属的关系？

一想到这儿，我就控制不住脚下的油门，把车开得飞快，想要赶紧去听一场八卦。

到了酒吧门口，我一眼就看到了蹲在马路边上的甜蜜，还有靠在她身上睡得不省人事的波波。

这家伙自己是喝得爽了，净折磨别人。

我跟甜蜜好不容易把他弄上车，然后我一路开到波波的家，一刻都没有停留。

我从后视镜里看到了甜蜜看波波的眼神里带着些许心疼、些许隐忍，还有些许爱意。

果然不出我所料，他们俩之间有故事。

到了波波家，甜蜜轻车熟路地把波波安顿好，又去厨房烧了壶开水，给我倒了一杯。

“你喜欢波波？”我问得比较直接，在倒水的甜蜜手一抖，水洒到了外面。

“对吧，你们都看得出来，就他看不出来。”甜蜜很快恢复平静，语气里带着一丝抱怨。

“你们不合适。”

“每个人都这么说，可没有人告诉我到底什么样的人跟他合适。”

甜蜜的话堵得我哑口无言，没想到平时闷不吱声的女生说起正事，竟然也伶牙俐齿，让我无法还口。

波波是我的朋友，他什么都好，就是太爱玩，处处留情不说，还从来不负责，喜欢上他，真的算不上是一件好事。

“程老师，你知道我跟他是怎么认识的吗？”甜蜜喝了一口水，再说起波波，脸上的表情都变得温柔了起来。

“刚刚的那个酒吧，我之前在那边卖酒，买我酒的客人，十个有九个想摸我的屁股，但他不想。他买了我的酒以后问我会不会唱歌，我说我不会，他又问我会不会跳舞，我说我也不会，接着他又问我有没有什么才艺，我说我可以在人群里分辨出谁会买我的酒，这算不算。他听了我的话后笑得特别大声，他的笑有一种感染力，他一笑，周边所有人都跟着他一起笑，我也跟着他一起笑。从那以后，他每次来，只要遇见我，就会买我的酒，突然有一天他对我说，问我愿不愿意去卖奶茶，我当时不懂他到底是什么意思，但还是点了头。”

然后甜蜜就成了波波奶茶店的店长，他所谓的重金挖来，正是他买她的酒花的钱。

甜蜜从卖酒变成了卖奶茶的，起初她还有些不习惯，但他说了，反正都是卖给别人喝的，让她不要那么紧张。

奶茶店开业之前，他们所有员工都有入职培训，要把所有的饮品都做得极其熟练才能正式上岗。

甜蜜的记忆力很差，经常做了第一步就忘了第二步要放啥，每次她都是留到最晚的一个，等别人都走了，她还在继续练习制作各种饮品。

有时候波波在外面玩得差不多了回家路过店门口还看到里面亮着灯，进去一看，她竟然还在，于是就会搬一张板凳在她旁边坐下看她做奶茶。

看着看着，波波就睡着了，甜蜜会把他摇醒，然后送他回家。

波波醒来后看到自己躺在家里的床上，床头还放着一杯蜂蜜水，一下子就想到了甜蜜，然后无数次在心里感叹，这个世界上怎么会有这么好的女孩。

然而好归好，和喜不喜欢是两码事。

波波喜欢的是那种可以跟他一起挥霍时光的女生，很显然甜蜜不是。

波波觉得他还年轻，年轻就是要自由，不能随随便便就停留在一个地方，也不能随随便便地就让一个人拥有了自己未来所有的时间。

他喝很多的酒，熬很多的夜，交很多的女朋友，然后再把她们纷纷遗忘。

有一天，波波告诉我，他又恋爱了。在我看来这也不是什么稀奇的事情了，一个“哦”字完全可以代表我当时的心情。

波波一见我回了个“哦”立马就急了，接着又对我说一句：“程一，这次这个不一样。”

到底哪儿不一样，从照片上看除了胸比之前那些女生平了一些，其他我反正是没看出什么不一样。

波波见我不肯搭理他，急得差点就要顺着网线爬过来揍我，说：“你不觉得她特单纯、特可爱吗？”

一张照片就能看出人又单纯又可爱，不得不服，波波果然厉害，反正我是看不出来。

“哎呀，以前交往的女朋友都只是能跟我一起喝酒，可她不一样，会在喝酒的时候在我的杯子里放两颗枸杞，说这样不会伤害身体，养生。”

嗯？我是真的没有听错吗？

这就叫单纯可爱？那在他喝醉后送他回家，还给他倒好蜂蜜水放在床头的甜蜜得多单纯、多可爱啊。

恕我直言，我是真的无法理解。

很快波波就带着他的新任女友出现在了我们的聚会上，朋友们都调侃他这从良得也太过突然，让我们有些无法适应。

波波笑着领女朋友坐下骂我们，还不忘跟我打招呼，示意我多看两眼他女朋友，是不是像他说的那样单纯可爱。

我敷衍着点点头，波波笑得更开心了，顺手就掏出手机打给店里

让送一杯奶茶过来，说是他女朋友不能喝酒，要喝奶茶。

很快，我所担心的事情真的发生了，甜蜜拎着一杯奶茶推门进来径直走到波波的面前，对他说："这是你要的奶茶。"

波波的女朋友从甜蜜的手中接过奶茶后，甜蜜就转身走出了我们的聚会现场，头都没回一下。

别人不知道，但我知道，甜蜜的心里一定很难过。

我给甜蜜发消息问她还好吗，她只给我回了一个 OK 的表情，就再无其他，我惊讶于她的恢复能力，也打心里希望她是真的 OK。

波波的恋爱谈得风生水起，他的奶茶店生意也不错。

我偶尔会去店里打包几杯奶茶带走，甜蜜也总是笑得很甜地帮我准备好一切，我每次离开的时候都会跟她说一句："哪天不想干了跟哥说一声，来我们公司。"

每当这个时候甜蜜都会笑得更甜，然后回我说："好的呀。"

那个"呀"，真的是甜到我的心里去了。

不到三个月，波波和女朋友分手了，请我吃饭，情绪尚且还算稳定，那我也就放心了。只是喝酒喝到后面，波波就开始不吃菜只喝酒，这样是很容易醉的，吓得我提前就给甜蜜发了定位过去，让她速来捞人。

甜蜜到得很快，波波却已经醉了，抱着酒瓶子就开始念叨："都说我不懂爱情，切，你们才不懂！"

我跟甜蜜对视了一眼，看到她满脸的无奈加心疼，很显然她对波波依旧存着那份心。

甜蜜就势在波波旁边坐下，端起他没喝完的酒，开口问我："程老师，你知道波波为什么要开奶茶店吗？”

我不知道，大概又是这家伙头脑发热吧。

“我知道，他之所以开奶茶店，是因为一个女生对他说过，她很喜欢喝奶茶，但是公司附近连个奶茶店都没有，每次喝只能花钱叫人跑腿帮她买，所以波波就在她公司附近开了一家奶茶店。”

我靠，波波这孙子怎么从来没说过这事！我是真不知道！

“不过现在呢，波波已经不记得她是谁了，他每一次都觉得很认真，但是他认真有什么用，人家姑娘并不买账，人家打心里觉得，他就是想玩玩，不是想跟她谈恋爱。我不一样，我对他很认真，只要他能回头看我一眼，别说是奶茶店我会帮他看好，连命我都可以给他。”

甜蜜说这句话的时候就跟问我“要几杯奶茶”时的语气一模一样，我却从里面听到了她的坚定。

在我的帮助之下，甜蜜把波波弄上了车，准备送他回家。临走前，她扭头对我说了一句：“程老师，其实我没有什么信心，但我还是想试一次。”

我听到后冲她用力点点头，在心里大骂波波真会投胎啊，竟然被人这么惦记着，这辈子也是没有什么遗憾了。

那天过后有很长的一段时间我都在外面出差，没有什么机会见到波波。

突然有一天，波波打电话给我说奶茶店开腻了，奶茶他也喝够了，打算把店盘出去。

我的第一反应就是甜蜜该怎么办。

“什么怎么办啊，你不是说了，让她随时都可以去你公司报到，你堂堂一个大老板，可别说话不算话啊。”

我说话当然算话，那也得甜蜜愿意来才行啊。

果不其然，甜蜜说她做不来我们公司的事情，怎么说都不愿意来。

波波的奶茶店盘出去的那天，他再一次请店员们吃饭，再一次把我叫上，还是之前的那个饭店，店员大多数也还是上次那批人，但是大家的心情都变得有些不一样。

“老板，你为啥要把店盘出去啊？”有人提出了大家都想问的问题。

波波亲自下去给大家倒水表示歉意，并说：“我想搞点别的创业项目，缺点钱，希望大家可以理解。”

话都说到这个份上了，大家也不好再继续说什么，纷纷表示可以理解，并祝波波接下来要做的项目一切顺利。

一顿饭吃下来气氛还是像当初一样融洽，坐在我旁边的甜蜜也跟上次一样，全程什么话都没说，偶尔夹两筷子菜，没有人知道她在想什么。

波波不开奶茶店以后，拿着那些钱去搞了投资，说是一个不错的项目，不过短短一个月，项目负责人就卷着他的钱跑了，波波怎么都联系不上，这回他是彻底傻了，在家里不吃不喝，不见任何人。

除了甜蜜。

甜蜜每天都会去波波家里看他，给他做饭、倒水、打扫卫生，这才不让他死在家里。

那么好的女孩，波波怎么就不知道珍惜呢？

我问甜蜜："你现在做啥工作，怎么天天这么闲，还有时间来管他？"

甜蜜支支吾吾地回答我说："我跟朋友一起开了家奶茶店……"

得了，这话说得我就明白了，盘下波波的店的人不是别人，正是甜蜜。

波波这次一蹶不振了半年，这半年，甜蜜每天都会出现在他的家里，如果我是波波，我早就动心了，可是波波就是没有一点感觉。

我问他："你知不知道甜蜜喜欢你？"

波波说："废话，我又不傻，我当然知道啊。"

这我就不懂了，于是接着问："那你为什么不跟她在一起，你不喜欢她？"

波波说："我喜欢，但我害怕。你知道的，我这人总是办不成什么事，之前搞砸了那么多次，这次我怕我还是会搞砸。"

算你有良心，不过这次波波的担心真的是多余了。

在过去的很多次，他不管怎么努力，总是得不到同等的回应，所以他才总会搞砸。

但是这次不一样，这一次他面对的，是一个舍不得他受一点点伤的女生啊，她才不会让他把他们之间的关系搞砸。

我想起甜蜜对我说过，只要他愿意回头看看她，她的命都可以给他。

不知道我这辈子还有没有波波这样的运气，遇到一个可以为自己

拼命的人。如果遇到了，我一定会比波波这家伙做得好，绝对会紧紧抓住对方的手，告诉她，我对你也同样如此。

哪怕我们来自两个世界，哪怕我们不在同一个步调，只要相爱，那就无所谓隔着多少别人眼中的不可能，我都要努力跟你在一起。

就在写这个故事之前，波波来电话说他准备“玩一票大的”，让我一定要到场。

我问玩啥，他说他准备在甜蜜的生日当天向她求婚。

这的确很大，一点都不像那个总是举棋不定的波波。

所以说爱情大概就是有这种魔力，让我为了你，心甘情愿地去做一些勇敢的事。

波波说他很紧张，很怕被甜蜜拒绝，我骂他㞞，他回我说：“你不懂，这次不一样。”

我怎么会不懂，这次不一样，这次是真的不一样。

我的兄弟，兜兜转转一大圈，终于要与他的爱情相遇了，恭喜他。

图书在版编目（CIP）数据

往后余生，目光所至都是你 / 程一著. —北京：北京联合出版公司, 2019.10
ISBN 978-7-5596-3741-3

Ⅰ. ①往… Ⅱ. ①程… Ⅲ. ①短篇小说－小说集－中国－当代 Ⅳ. ①I247.7

中国版本图书馆CIP数据核字（2019）第203121号

往后余生，目光所至都是你

作　　者：程　一
责任编辑：郑晓斌　徐　樟

北京联合出版公司出版
（北京市西城区德外大街 83 号楼 9 层　　100088）
雅迪云印（天津）科技有限公司印刷　　新华书店经销
字数：190千字　　880 毫米 ×1230 毫米　　1/32　　印张：9
2019年10月第1版　　2019年10月第1次印刷
ISBN：978-7-5596-3741-3
定价：46.80 元